JN256469

イザナギ・イザナミ
倭の国から日本へ 1

阿上万寿子
Masuko Agami

文芸社

目次

プロローグ　5
一　高天原　6
二　旅立ち　20
三　ヒルコ　32
四　葦原中国　44
五　子供達　58
六　五斗長垣内（ごっさかいと）　80
七　カグツチ　100
八　イザナミ　113
九　高天原へ　134

美哉（あやにえや）　善少男（えおとこ）
美哉（あやにえや）　善少女（えおとめ）

『日本書紀』

プロローグ

遥か昔、中国山東半島から長江下流にかけて、いくつもの倭人の国が存在していた。紀元前八世紀に始まる春秋戦国時代、長く厳しい戦乱の中、これらの国々も、次々と滅ぼされていった。

稲作技術を持つ倭人達は、迫害から逃れ、安息の地を求めて、故郷を離れた。そして、多くの人々が、朝鮮半島南部に落ち着いた。

倭人の小さな国々が点在したその地は「辰国（しんこく）」と呼ばれる。

倭人の中には、古来祭祀王を務めてきた天神族がいた。伽耶山を聖なる山と定めた彼等は、倭人の宗主国として「高天原（たかまがはら）」を構え、天神族の長である天君（てんくん）が、これを統治した。

天神族に率いられた倭人達の一部は、さらに海を渡り、日本列島各地で国を築き、稲作を始める。これらの国々のうち、瀬戸内海を囲むように広がるものを総称して、「葦原中国（あしはらのなかつくに）」と呼ぶ。

一　高天原

紀元前八二年、朝鮮半島中部では、二十五年余りに及んだ漢の支配が、終わろうとしていた。漢の武帝が設置した四郡のうち、真番（しんばん）郡と臨屯（りんとん）郡が廃止され、玄菟（げんと）郡も西へ撤退することになったのだ。

「漢を撃退したぞ！」

最大の楽浪（らくろう）郡が残ったとはいえ、漢帝国を撤退させたのである。朝鮮の人々は、誇らしさに胸を張り、熱い歓喜に沸いていた。

そのころ、高天原の宮殿では、葦原中国から帰国したばかりの将軍アワナギが、天君タカミムスヒの前で、深々と頭を下げていた。

「ご期待に沿えず、申し訳ありません」

アワナギの後ろに従っているのは、淡路島から護衛してきた、将軍ヌホコだ。

「もう、よい。お前だけの失敗ではない。今まで誰も、成し得ていないのだ。その苦労は、このヨロズも知っている。下に入るのは容易だが、上に入るのは、難しいものだ」

「恐縮です」

アワナギは、ようやく頭を上げた。

太子ヨロズは、天君の息子で、アワナギの前任者である。葦原中国統治の国策が頓挫するのは、毎度のことだった。

ヨロズが、言った。

「アワナギ殿、漢の撤退で、朝鮮の人々は、さらに勢いづいています。我等の土地への進出も、完全に止めることは難しいでしょう」

「彼等と手を結ぶ者も多いと聞いていますが」

「その通り。すでに、かつての辰国の西部は馬韓、東部は辰韓と呼ばれています。我等こそ、辰国の宗主国を自負していたというのに。全く残念なことです」

　アワナギは、深く頷いた。

「高天原の思いも知らず、葦原中国では、倭人の国同士が、小競り合いを繰り返しています。高天原のためにも、我等倭人達のためにも、葦原中国統治は、必ず成し遂げなければなりません」

　天君は、ため息をついた。

「アワナギよ、葦原中国の人々は、高天原を忘れてしまったのか。彼等を治めるのは、もう無理なのだろうか」

「小国とはいえ、国を築き、『王』と呼ばれている者達を支配するのは、確かに容易ではありません」

「知恵があり、武術に優れ、人格者でもある、そんなお前でさえ、難しいというのか。お前やヨロズ以上に優れた者など、私には考えつかない。他に、どんな者を遣わせばよいというのか」

「恐れながら」

沈鬱な空気の中、アワナギが、遠慮がちに切り出した。

「我等のような者では、かの地の人々の心をつかむことは、難しいかと思われます」

「というと？」

「葦原中国の人々は、我等のような者を警戒します。武人に対して、あからさまな反抗はしませんが、崇めることも、追従することもしないのです」

「では、どのような者ならよいのか」

アワナギは、一瞬ためらったが、意を決したように言葉にした。

「子供は、いかがでしょうか」

「子供？」

「馬鹿げているとお思いでしょうが、外部から来た人間で、彼らの心を掴めるのは、子供しかいません」

唐突な答えに面食らい、タカミムスヒは、黙り込んだ。すると、それまで黙って聞いていたヨロズが、急に口を開いた。その表情は、妙に明るい。

「父上、確かに、かの地の人々は、子供を異常なくらい大切にしていました。我等から見れば信じられないほど、子供に甘いのです。父上、これは、意外に良い考えかもしれません。私も、人選について、ずっと考え悩んでいました。そうです、子供ならば、良いかもしれない。子供が無理ならば、できるだけ若い、未熟な者に行かせましょう」

太子ヨロズの思いがけない援護に、アワナギは、頬を紅潮させ、さらに続けた。

「天君様、子供が無理ならば、女でも良いかもしれません。彼等は、女も大事にします」

すかさず、ヨロズが賛同する。

「おお、アワナギ殿の言うとおりだ。確かに、そうであった。女も良いかもしれぬ」

「待て、待て」

タカミムスヒは、慌てて二人を制した。

「ヌホコよ。本当にそうなのか。お前の国では、優れた武人より女子供の方が、信用されるのか」

立派な男達三人の熱い視線を一身に受けて、ヌホコは、戸惑った表情をみせた。

「確かに、我々は、女や子供を大切にするかもしれません。大人の男、特に外から来た武人は、警戒されるでしょう。しかし、国の命運をかけた重大任務を任せられる、女や子供がいるでしょうか。どんな危険があるかも知れぬ世界へ、命をかけてでも行こうという、そんな使命感の強い女や子供が、いるでしょうか。問題は、結局、そこに尽きるのではないでしょうか」

ヌホコが、そこまで語ったときだった。何かに驚いたかのような表情で、ヨロズが呟いた。

「いる」

「えっ？」

三人が揃って、太子の顔を見た。

「重大任務を任せられるほど責任感が強く、国のためならば命も惜しくないと思うような、勇気のある子どもが一人いる」

タカミムスヒが問うた。

「誰のことだ」

ヨロズは、父の顔を見た。

「父上、我が異母弟、イザナギです」

「イザナギか」

天君は、言葉に詰まった。今まで、候補の一人としてさえ考えたことがなかったのに、一旦考えてみれば、いかにも妥当な人選だと思える。そのことに、自分で驚いていた。

ヨロズは、続けた。

「今まで、考えたこともありませんでしたが、イザナギは、真面目で読み書きに優れ、国を思う心が強く、しかも、見た目は美しく温厚で、相手に警戒心を抱かせません」

「確かに」

「今まで派遣された者達とは全く異なりますが、検討の余地は、あるのではないでしょうか」

タカミムスヒは、言った。

「イザナギは、まだ十五歳だ。身の安全は、誰が守る」

「このヌホコをお付けくださいませ。ヌホコは、武芸の達人。必ずや、若様をお守りします」

アワナギの言葉を受け、ヌホコが力強く頷いた。

アワナギは、続けた。

「けれど天君様、イザナギ様がまだ十五歳でしたら、別の心配がございます。純真な少年が、現地の女に誘われて、葦原中国側の人間になってしまう恐れはないでしょうか」

ヨロズが言った。

「父上、イザナギに、高天原の女性をお付けください。二人で力を合わせ、この高天原の人間であることを忘れぬように」

タカミムスヒは、思わず目を閉じた。

イザナギに寄り添う一人の少女の姿が、はっきりと浮かんだためだ。それは、素直で愛らしい、花のような少女だ。先代天君の娘で、両親を亡くし、イザナギの妹として育てられていた。

ほんの先ほどまで、考えたこともなかったのに、なぜ、二人の姿がこれほど鮮明に浮かぶのか。

三人の男達は、天君の顔を見つめ、その言葉を待っている。

タカミムスヒは、意を決し、両目を開いて、命令を下した。

「使いを出せ。イザナギとイザナミを、ここに呼べ」

「お兄様、見て」

イザナミの明るい声に、イザナギは、読んでいた書から目を上げた。「書」といっても、文字が書かれた竹の札を紐で綴ったものである。

部屋の入り口には、いつの間にか明るくなった外の光を背に受けて、イザナミが、にこにこ笑いながら立っている。雨の日に書を読むのは、イザナギの日課であった。

「お兄様、雨は上がったのよ。見て、きれいな虹よ」

イザナギは、つられてにっこり笑いながら、書を置いて立ち上がった。

「イザナミ、何がそんなに嬉しいんだい。虹を見るのは、初めてではないだろう」

「今日の虹は、特別なのよ。見て、お兄様、二重の虹よ」

草木の葉に、雨の滴が宿っている。黒く濡れた土の匂いがする庭に出ると、まだ雲が残る空には、美しい二重の虹が輝いていた。

「漢では、二重の虹は、雌雄だと言われているのだよ。内側の太い方が雄虹（おにじ）、外側に寄り添う細い方が雌虹（めにじ）だそうだ」

イザナギの言葉に、イザナミは、また空を見上げた。

「虹の夫婦ね」

「兄妹かもしれないね」

二人は、顔を見合わせ、微笑んだ。

宮殿に参上するように、との呼び出しが届いたのは、ちょうどその時だった。

イザナギが、イザナミとともに宮殿を訪ねると、そこには、父の他に、三人の立派な男達が待ち構えていた。太子ヨロズと、将軍アワナギはわかったが、もう一人は、背が高く、腕に入れ墨をした、精悍な武人である。イザナギは、緊張した面持ちで畏まった。

天君は、優しく声をかけた。

「イザナギよ、よく来た。お前は、葦原中国を知っているか」

「アワナギ様が赴任され、かつては、ヨロズ兄様が行かれた所かと存じます」

「そうだ。海原に囲まれ、大小の島々が集まる所だ。長らく『未開の地』であったが、今では、各地に、倭人達が築いた小国がある」

「存じています」

「我等は、倭人の中で、最も由緒正しい一族だ。だからこそ、未開の地に渡らず、この地を守ってきた。だが、この地を取り巻く状況も、葦原中国の状況も、以前とは変わってしまった」

朝鮮の人々が漢を撤退させたことや、葦原中国で小競り合いが頻発していることは、イザナギも耳にしていた。

「イザナギよ、高天原は高天原で守っていかねばならぬ。しかし、葦原中国も、我々倭人の国なのだ。我等ぬきで『倭国』を築こうとしているのを、見過ごすわけにはいかない。葦原中国は、我等が治めるべき国なのだ」

イザナギが黙って頷くと、タカミムスヒは、息をついだ。

「イザナギよ、お前を見込んで、特別な任務を与えたい」

イザナギは、父の顔を見つめた。

「アワナギの後任として、葦原中国へ行き、我等の新しい国の基礎を築いて欲しい」

息子は、驚きと誇らしさで、美しい顔を紅潮させた。

「私でよろしいのですか」

「前例にとらわれる必要はない。方法は、お前に任せる。引き受けてくれるか」

「はい、光栄です！」

イザナギの即答に、部屋にいた男達は、顔を見合わせ、頷きあった。彼等は、同じ思いだった。

『この子なら、できるかもしれない』

天君は、言った。

「お前が引き受けるのであれば、高天原の女性を一人、妻として連れていくがよい。我等の新しい国の国母となる女性だ。我等の血をひく者でなければなるまい」

そして、イザナミの方を向いた。

「イザナミよ、どうだ。イザナギとともに、葦原中国へ行ってくれるか」

イザナミは、頬を染めた。

「遠い異国の地ではあるが、イザナギの妻となり、イザナギが新しい国を築くのを支えておくれ」

「はい、天君様」

「多くの苦難が待ち受けているかもしれない。二人で力を合わせて、我等一族のために、力を尽くすのだぞ」

イザナギとイザナミは、声を揃えて答えた。

「はい、天君様」

二人が退出した後の部屋には、初々しい清らかな気が、残っているようだった。

タカミムスヒは、太子に言った。

「イザナギは、良い若者になったな」

「はい」

「まっすぐで、心には理想と愛国心が燃えている。勇気があって、知恵もある。ただ、潔癖すぎるほどの真面目さが、心配なところだ」

天君は、イザナミの姿を思い浮かべ、ふっと笑みを浮かべた。

「イザナミは、イザナギの弱点を補ってくれるだろう。あの子は、赤子のときから、太陽を見て笑い、風を感じて笑うような子だった。可愛くて、可愛くて、誰をも笑顔にするような娘だった」

ヨロズも、思い出していた。

「私も覚えています。あの娘ほど、人の心を和らげる娘はいないでしょう。本当に花のようです」

「あの二人ならば、力をあわせて、きっと、素晴らしい国の基礎を築いてくれるだろう。危機が近づいている私達の未来を救ってくれるのは、若い彼らかもしれない」

三人の男達が頷き、タカミムスヒは、呟いた。

「我等の祖先の神々が、若い二人と、この国の未来を、お守りくださいますように」

二　旅立ち

アワナギの後任にイザナギが選ばれたことは、皆を驚かせた。

葦原中国への赴任は、これまで、大将軍級の人物の仕事であった。天君の息子とは言え、正妃の子ではない、しかも十五歳のイザナギには、思いがけない大役である。

人選に疑問を抱く声もあったが、表立った反対はなされなかった。葦原中国統治の失敗は、誰もが知っており、あえて名乗りを上げる者もいなかったのだ。

出発の二日前、イザナギとイザナミは、一族の祖先神である天神の神殿に呼ばれた。

出迎えたのは、大神官を務める長老だ。

大神官の指導に従い、二人は、葦原中国への赴任を神に報告し、加護を祈願した。

「世界はすべて、陰と陽でできておる。人間もそうじゃ。男が陽、女が陰なのじゃ」

大神官は、イザナギを見た。

「イザナギよ、お前の身体には、女にはないものが、ついているじゃろう」

イザナギは、顔を赤らめた。

「それが、陽の証じゃ」

次に、イザナミに言った。

「イザナミよ、お前には、陽の気を受ける所が、ついているじゃろう」

今度は、イザナミが、頬を赤らめた。

大神官は、愛情をこめて、笑った。

「儀式の詳細は、後で説明しよう。よく聞き、正しく従うがよい。イザナギが持つ陽の気を、陰のイザナミが受け、新しい世界を生むのじゃ。二人で力を合わせて、子を作り、新しい国を作るのじゃぞ」

神殿で教えを受けた翌日、二人は、ヌホコに伴われて、宮殿を訪れた。

真新しい旅装束を身に着け、礼儀正しく出立の挨拶をする二人の姿には、まだまだ子供の面影が残っている。タカミムスヒは、父親としての情愛を覚えずにはいられなかった。

「ヌホコ、くれぐれも、二人を頼む」

「全力でお守りします」

武人らしいヌホコと並ぶと、若い二人は、ますます華奢に見える。そんな二人の後ろ姿を、タカミムスヒは、祈る思いで見送った。


高天原を出発した二人は、洛東江を下り、金海に至った。葦原中国へ向かう船は、この金海の港から出ている。

翌朝、船は、日の出とともに出航した。

玄界灘には、穏やかな風が吹き、柔らかな潮の香が満ちていた。海原では、時々、トビウオが跳ねた。薄い雲が広がる空からは、暖かな日差しが差し込み、十三歳のイザナミの初々しい姿に降り注いでいる。

船を繰っているのは、この海峡を支配している倭人達だ。彼等は、朝鮮半島の南端から、対馬、壱岐、九州まで、自由自在に行き来して、人や物を運び、情報を伝えていた。

「よう、ヌホコ。今度は、随分若いのを連れているなぁ。お前の隠し子かい」

がっしりした体格の日焼けした男が、声をかけた。この船の船長だ。ヌホコとは、顔馴染のようだ。

宮殿を出たヌホコは、堅苦しさが消え、しなやかな強さが溢れ出て、別人のように見えた。船長の言葉にも臆することなく笑って、言い返した。

「俺の宝物さ。手を出したら、承知しないぞ」

イザナギは、緊張し、イザナミを背にかばうように身構えた。男は、そんなイザナギをからかうような目で見ると、背後のイザナミに声をかけた。

「お嬢ちゃん、そのきれいな坊ちゃんは、ちっとは頼りになるかい？」

イザナミは、にっこり笑って答える。

「もちろんよ！」

その瞬間、船長も、イザナミのことが大好きになった。


イザナミは、潮風を顔に受け、柔らかな後れ毛をふわふわとなびかせ、滑らかな両頬を少し紅潮させている。そんな横顔に、イザナギは、声をかけた。

「イザナミ、怖くはないか」

イザナミは、イザナギの方を振り返り、微笑んだ。

「いいえ」

イザナギは、思い切って尋ねた。

「二度と帰れないかもしれない。本当に大丈夫か」

「ええ」

「私には、使命がある。この使命を果たせるならば、たとえ命を失っても本望だ。けれど、お前は、違う。私の妻に選ばれたために、故郷を離れ、誰も知る人のない国へ行くのだ。どんなに心細いことだろう」

するとと、イザナミの愛らしい顔に、笑みがあふれた。

「お兄様、私、ちっとも怖くなんかないわ。なんだか、素晴らしいところへ行く気がするの。良いことが、たくさん待っている気がするのよ」

イザナギは、安心して笑いだした。

「お前を妻にと言われた理由がわかったよ。私も、なんだか楽しみになってきた」

イザナギは、イザナミに身体を寄せた。

上下する船の上で、互いのぬくもりを感じながら、二人は、広がる海原を眺めた。

「私がずっと、お前を守る。だから、お前も、ずっと私のそばにいておくれ」

「ずっとそばにいるわ」

海原の彼方には、うっすらと、大きな島の姿が見えている。対馬だ。

「あの島の向こうに、葦原中国があるのね」

イザナギは、イザナミの髪に鼻を埋めて、潮のかおりを嗅いだ。

「そうだよ。まだ見ぬ国だ」


その日の夕刻、一行は、対馬の北端、西泊に着いた。この地で一晩停泊した後、対馬の東海岸に沿って、船は南下して行く。

対馬の海岸線は、山が海まで迫り、天然の要塞のようである。その要塞がわずかに途切れた所に、次の停泊地、厳原（いづはら）の港はあった。

港には、対馬の統治者であるアツミが、自ら二人を出迎えに来ていた。

「若様、姫様、我が対馬へようこそ。初めての船旅は、いかがですか」

「天候に恵まれ、良き船と船師に恵まれ、快適です。ありがとう」

胸を張り、生真面目な表情で、そう挨拶したイザナギだったが、その足元は、微かに揺らいでいる。波に揺られる感覚が、まだ残っているのだ。

アツミの口元に、笑みが浮かんだ。

「それは、ようございました。今夜は是非、我が屋敷にお泊りください」

その夜、アツミの屋敷では、多くの酒と海の幸がふるまわれた。

アツミは、ヌホコに囁いた。

「ヌホコよ、若様は、随分と凛々しいな」

「アツミ様も、そう思われましたか。まだ幼さはありますが、建国を任されるにふさわしい、立派な方でございます」

アツミは、酒を手に、イザナギ達の席に近づき、その前に座った。

「若様、姫様、どうでしょう。これからお二人の間に生まれる御子様を一人、私の娘と結婚させては。我が一族に迎え入れ、海の王にいたしましょう」

イザナギは、頬を染めた。

「覚えておきましょう」


対馬から壱岐を経て、船は進み続ける。糸島半島を回り込み、湾内にある能古島の傍らを抜け、船は、姪浜小戸（おど）の港に着いた。

この辺りは、気候が温暖で、災害も少ない。海の幸、山の幸に恵まれ、朝鮮半島へと向かう交通の要所でもある。この地では、すでに倭人の国が繁栄を謳歌していた。イトの国である。

イザナギは、イザナミの手を取りながら、船を降り、周囲を見渡した。

港の近くには川が流れ、その川筋に沿って水田が広がっている。洛東江ほどの水量はないが、田を潤すには十分な水量だ。その水田の遥か南方には山々が連なり、青みを帯びた優しい壁を作っている。

穏やかな気候で、稲作に適し、良い港がある。この国を治めるものは、たやすく手放しはしないだろう。

そのようなことを考えていると、イザナミが無邪気な声をあげた。

「本当に良い所ね。ここは」

イザナギは笑った。

「今、着いたばかりではないか」

「着いたばかりだけど、ここは、本当に良い所よ。空気で感じるわ。それに、お兄様と一緒だもの」

二人は、顔を見合わせて笑った。

確かに、殺伐とした、緊張した空気が、ここにはない。その代わりに、気楽で明るい、温かいものが、満ちている。これは、何なのだろう。

イザナギ達は、ここで、ヌホコが手配した船に乗り換えた。新たに水と食料を積んだその船は、湾を出ると、東に針路を取った。そして、島伝いに進み、海峡を抜けて、内海に入る。いよいよ、葦原中国だ。

港で潮を待ち、潮に乗って船を漕ぎ出すことを繰り返しながら、安芸（あき）を経て、吉備（きび）に向かう。

大小多くの島々の間を抜け、船は進んだ。この辺りの海は、波が穏やかで、対岸が見えるところもあり、まるで大きな川のようだ。ただ、立ち上る潮の香が、そこが海であることを教えていた。

イザナミは、きらきらと輝く海面をうっとりと眺め、ため息をついた。

「きれい。美しい島々、黄金の水面ね」

ヌホコは、微笑んだ。

イザナギは、ヌホコの方を振り向き、感嘆の表情で言った。

「見事だな。このように狭く急な流れの中を、うまくすり抜けて行けるものだ」

「我等にしかできません。我等には、この内海は、庭のようなもの。潮の流れは、時間で変わります。天候や季節でも変わりますし、月の満ち欠けでも変わるもの。長年の経験と知恵が、我等にはあるのです。誰にでもできるものではありませんぞ」

微かに自慢げにヌホコが言うと、イザナギは、真面目な表情で、少し考え込んだ様子だった。

「そうか。外の海と、この内海が、葦原中国を守っているのだな。お前達の力は、大きいな」

イザナギは、にっこりとヌホコに微笑みかけた。初めて見る場所で、そこまで考えが及んでいることに、ヌホコは驚かされた。

吉備で潮を待ち、再び船を出した。潮の流れに乗って進むと、やがて、大きな島が見えてきた。

ヌホコは、その島を指して、言った。

「イザナギ様、お嬢様、あれが、アワナギ様がお暮しだった淡路島です」

二人は、身を乗り出した。

イザナギが尋ねた。

「お前の島は、どれだ？」

「私の一族が住む沼島（ぬしま）は、ここからは見えません。海峡を抜けて回り込んだところにあります」

「そうか」

「淡路の準備が整うまで、沼島にご滞在ください。我等一族が、お二人をお守りします」

三　ヒルコ

イザナギとイザナミは、ヌホコとともに、沼島の港に着いた。沼島は、淡路島の南東に位置する小さな島である。港の正面には、その淡路島が見える。二人は、そのまま、ヌホコの屋敷に泊った。


翌朝は、快晴だった。

「お二人に見せたいものがあります」

そういうヌホコに従い、二人は、港とは反対側、島の東側へと続く道を辿った。ブナの木の林を抜け、坂道を登っていくと、登り切った先には、また、海が開けていた。

本当に小さな島なのだ。

「あの岩をご覧ください」

ヌホコが指す方を見ると、波打ち際に巨大な柱状の岩が立っている。

「あれは？」

イザナギの問いに、ヌホコが答えた。

「天の滴が固まってできた柱だと言われています。この島自体、天の滴が自ずから固まった、自凝島（おのころじま）とも呼ばれます」

「滴が岩を崩すのは知っているが、滴が岩になることがあるのだろうか」

「イザナギ様は、ご存じありませんか。洞窟の中で、岩を伝った滴が落ち続け、再び岩の柱を築くことがあるのです」

「そのようなことがあるのか」

ヌホコは、言った。

「この岩がどうしてできたのか、本当のところは、私にもわかりません。ただ、滴が岩を作ることがあるのは事実です。イザナギ様、滴が岩を作るように、少しずつ、新しい強固な国をお築きください」

「滴が岩を作るように」

イザナギは、ヌホコの言葉を繰り返し、改めて、波を受ける岩の柱を見つめた。

港の南側の丘の上に、二人のための、新しい神殿が建てられた。神殿の真ん中には、天神の依代（よりしろ）となる、太く立派な白木の柱が立っている。二人が夫婦となり、新しい国を作ることを、神に誓うときがきたのだ。

この儀式は、二人だけのためのものではない。後継者を作り、新しい国を築いていくための、第一歩となる儀式である。儀式の段取りは、頭の中で何度も繰り返し、不安はなかったが、イザナギは、身が引き締まる思いだった。

「イザナミ、これからは、兄妹ではなく、夫婦として、生きていくのだ」

イザナミは、無邪気に、喜びを口にした。

「お兄様と、ずっと一緒にいられるのね」

柱の周りを、イザナギは左から、イザナミは右から回る。そして、二人が出会ったところで、イザナギから声をかけ、言葉を交わす段取りだった。緊張した面持ちで、柱を回り、真剣な表情で、イザナギが先にセリフを言おうとしたときだった。

嬉しそうに微笑みながら、イザナミが、先に言った。

「なんて嬉しいことでしょう。こんな素晴らしい男の人と結ばれるとは！」

不意をつかれたイザナギは、一瞬戸惑った。だが、イザナミの愛情あふれる笑顔を目にすると、幸福感で胸が一杯になった。

イザナギは、心躍らせながら、自分のセリフを言った。

「なんと嬉しいことだろう。こんな美しい乙女と結ばれるとは！」

イザナミが差し出した手をイザナギは握った。イザナミの身体を胸元に引き寄せ、抱きしめ、決められたセリフを続けた。

「私の身体には、陽がある。あなたの身体はどうだ？」

イザナギの熱い身体を感じながら、イザナミは、夢中で答えた。

「私の身体には、陰があります」

イザナギは、イザナミの耳元で告げた。

「私の陽の気で、あなたの陰を埋め、二人で一つとなって、新しい国を作ろう」

「はい」

そして、頬を紅潮させた二人は、結ばれた。

イザナギの頭の中では、陰と陽とが結び合い、一つの円となる様子が、繰り返し浮かんでいた。

イザナギは、強く思っていた。

「この娘と一緒に、新しい国を作るのだ。イザナミと一緒に、二人で作るのだ」

イザナミは、何も考えられず、ただ、夢の渦の中へ、溶け込んでいった。


最初の子は難産だと聞いていたが、その子は、あっけないほど簡単に生まれてきた。

赤子は、手足を動かすこともなく、ただぐったりとしていた。抱き上げれば、全身が力なく崩れ落ちそうになった。

イザナミは、懸命に乳を飲ませようとしたが、乳首を口に含ませても、吸う力もなく、唇をすぼめることも、舌を動かすこともなかった。小さな指の中に人差し指を入れて握らせようとしても応えず、まだ見えぬ目を微かに開こうとするばかりだった。

泣く声も弱々しくなる一方で、どうすることもできないまま、命の火は徐々に衰えていった。そして、三日目には、そのまま息絶えてしまった。

イザナギは、赤子に触れることすら、できないでいた。死んだ我が子を胸に抱き、うつろな表情をしている妻に対しても、どうしたらよいのか、迷うばかりだった。

「この赤子は、ヒルコじゃ」

高天原から来ていた神官が、告げた。

「イザナギ様、この子は、天神の御子となるべき方ではない。蛭のような姿が、その証じゃ。神の意に沿わぬ子じゃ。葦舟に乗せて、海にお流しください」

「海へ？」

「ヒルコは、『干る』に通じ、高貴な血統を絶やさせますぞ。穢れた者は、海へ流さねばなりません」

神官の指示により、水辺の葦が刈られ、まだ青い葦を束ねた小さな駕籠舟が作られた。

「さぁ、周囲に害を及ぼす前に！　さぁ、イザナギ様！」

神官の言葉に、イザナギは、恐る恐る手を伸ばし、イザナミが抱いていた赤子に、初めて触った。そっと抱き上げると、まだ温かい、ぐにゃぐにゃとした亡骸の首が、がくりと後ろに倒れた。

それを見た途端、イザナギの腕に、妻が取りすがった。

「イザナミ、神に逆らう気か！」

神官の厳しい言葉に、彼女は、身をすくめた。

「イザナミ、神の御意思だ。この子は、海に流そう」

イザナミは、のけぞった我が子の頭を、そっと起こし、父親の腕の内側にもたれさせると、黙って手を離した。

赤子の亡骸は、葦の篝籠舟に入れられ、小船で沖まで運ばれて、そのまま海へと流された。

イザナミは、小さな篝籠舟が遠ざかり、波間に見え隠れし、やがて消えていくのを、やつれた青白い顔で、見つめていた。

「このような子供が生まれた以上、お二人には、一度、高天原の神殿に戻っていただきますぞ。本当にお二人に託してよいのか、神の御意思を、伺わなければ」

郵便はがき

料金受取人払郵便

新宿局承認

4946

差出有効期間
平成31年7月
31日まで
(切手不要)

160-8791

843

東京都新宿区新宿1−10−1
(株)文芸社
愛読者カード係 行

ふりがな お名前		明治　大正 昭和　平成　　年生　歳
ふりがな ご住所	□□□-□□□□	性別 男・女
お電話 番　号	(書籍ご注文の際に必要です)	ご職業
E-mail		

ご購読雑誌(複数可)	ご購読新聞 新聞

最近読んでおもしろかった本や今後、とりあげてほしいテーマをお教えください。

ご自分の研究成果や経験、お考え等を出版してみたいというお気持ちはありますか。

ある　　ない　　内容・テーマ(　　　　　　　　)

現在完成した作品をお持ちですか。

ある　　ない　　ジャンル・原稿量(　　　　　　　　)

書　名				
お買上 書　店	都道 府県　　市区 郡	書店名	書店
		ご購入日	年　月　日

本書をどこでお知りになりましたか?
1.書店店頭　2.知人にすすめられて　3.インターネット(サイト名　　　)
4.DMハガキ　5.広告、記事を見て(新聞、雑誌名　　　)

上の質問に関連して、ご購入の決め手となったのは?
1.タイトル　2.著者　3.内容　4.カバーデザイン　5.帯
その他ご自由にお書きください。
(　　　)

本書についてのご意見、ご感想をお聞かせください。
①内容について

②カバー、タイトル、帯について

弊社Webサイトからもご意見、ご感想をお寄せいただけます。

ご協力ありがとうございました。
※お寄せいただいたご意見、ご感想は新聞広告等で匿名にて使わせていただくことがあります。
※お客様の個人情報は、小社からの連絡のみに使用します。社外に提供することは一切ありません。

■書籍のご注文は、お近くの書店または、ブックサービス(0120-29-9625)、セブンネットショッピング(http://7net.omni7.jp/)にお申し込み下さい。

神官の言葉は、イザナギの胸に、深く突き刺さった。新しい国を築く、その第一歩から失敗した自分の不甲斐なさが、悔しかった。


高天原の神殿で、イザナギは、大神官に尋ねた。

「このようなことになり、申し訳ありません。一体、何がいけなかったのでしょうか」

「イザナギよ、結婚の儀式は、神が定めるとおりにしたか」

イザナギの脳裏に、結婚の儀式の日のことが、よみがえった。イザナギの表情がこわばったのに気づき、大神官は、重ねて尋ねた。

「何か、思い当たることでもあるのか」

「柱を巡った後、イザナミが、最初に声をかけました」

同行してきた神官が、足を踏み鳴らして、叫んだ。

「なんと！　陽神である男より先に、陰のお前が、声をかけたというのか！　イザナミ！　何故、そのようなことをした！　陰陽の理に反することをして、だから、神がお怒りになったのだ！」

　俯いたイザナミの頬が、みるみる真っ赤に染まっていく。

「イザナミ！　神にお詫びせよ！」

　イザナミは、震えながら、床にひれ伏した。

　イザナギは、思わず、その傍らにひざまずいた。

「大神官さま、イザナミ一人のせいではありません。私も、悪いのです」

　イザナミの愛らしさに自制心を忘れた自分を、イザナギは恥じた。

「私も、一緒にお詫びします。次は、必ず正しい方法で、儀式を行います。どうか、お許しください」

　大神官の指示を仰ぎながら、二人は、天神と祖先達に詫び、より一層の加護を願った。

　淡路島に戻る途中、イザナミは、ほとんど口を開かなかった。そんなイザナミの肩を抱き、イザナギは、慰め、励ました。

「イザナミ、私は、お前を責めないよ。悪かった。あの場で、お前を止めるべきだった。私が、しっかりしていなかったのだ」

イザナミは、夫の胸に頬を寄せた。何も言わず、目も合わさず、ただ、その温かい胸の鼓動だけを、聞いていた。


淡路に戻ってから、そのまま寝込んでいたイザナミが、ようやく起きて暮らすようになった頃だった。ヌホコが、イザナミを訪ねてきた。

「魚や貝を届けに来ました。しっかり食べて、早く元気になってください」

イザナミは、弱々しく微笑んだ。

「ありがとう」

ヌホコが言った。

「イザナミ様、家に籠ってばかりいないで、少し、歩いてみませんか」

ヌホコが連れて行ったのは、結弦羽山だった。久しぶりに身体を動かしたイザナミが、息を切らしながら山頂に辿り着くと、ヌホコは、海の方を指した。

「イザナミ様、何が見えますか」

「あれは、沼島？」

「お二人がいらした沼島です。何かの形に似ていると、思いませんか」

イザナミは、ぼんやりと、はるか眼下の島に目をやった。

「勾玉？」

「そうです。沼島のヌは、瓊(たま)のヌなのです。すべての生命の源、胎児の形です」

「胎児……」

失った子を思い、イザナミの両目に涙が溢れた。

「イザナミ様、沼島は、天の滴で自ら固まってできたという云われがある島。そして、すべてを生み出す胎児の島、勾玉の島、瓊(ぬ)の島なのです。イザナギ様とイザナミ様もまた、天神族の国を築くために来られた方。だからこそ、私は、お二人を沼島にご案内しました」

ヌホコは、言葉を続けた。

「イザナミ様、悲しいときは、あの沼島の姿を思い出して下さい。亡くなられたヒルコ様は、海に帰られたのです。ヒルコ様は神となり、これからお二人がお生みになるすべてを、ずっと見守って下さいます」

イザナミは、我が子の小さな姿を思い出した。自分が生きることさえままならなかった、か弱いあの子が、神となって、私達を見守ろうとしているのか。

イザナミは、声をあげて泣いた。ヌホコは、言った。

「イザナミ様、故郷を遠く離れて、新しい国を生むために来られたお二人を、このヌホコ、命をかけてお守りします。どうか、お元気になられて下さい」


イザナミの身体が回復するのを待って、二人は、淡路島の神殿で、結婚の儀式をやり直した。

神の依代として建てた柱の周りを、イザナギは左から、イザナミは右から回り、出会ったところで言葉を交わした。

イザナギが先に言った。

「なんと嬉しいことだろう。このような素晴らしい女性と結ばれるとは」

続いて、イザナミが言った。

「なんと嬉しいことでしょう。このような立派な男性と結ばれるとは」

イザナミも、もう笑わなかった。真面目な口調で、真剣にセリフを言った。

そして、二人は、床に入った。

四　葦原中国

イザナミが再び妊娠したことがわかると、イザナギは、妻の身体を気遣い、家事全般を任せられる女性を求めた。

二度と失敗は許されない。今度こそ、間違いのない、立派な跡取りを得なくては。

イザナギは、ヌホコに尋ねた。

「ヌホコ、お前の知り合いで、誰かよい人はいないか」

「由良の浜から島伝いに渡った所に、トべという者がいます。土着の巫女王の血筋で、土地の事情に詳しく、子育て経験も豊富です。いかがでしょう」

「ヌホコの知り合いならば、間違いない。その女にしよう」


トベは、逞しい腕と目元に入れ墨をした、中年の女であった。初めて屋敷へやって来た時、トベは、庭先で花を摘んでいる愛らしい少女に声をかけた。

「お嬢さん、ここの旦那様か奥様は、おられるかね」

少女は、花を抱えて立ち上がり、にっこり笑った。

「トベね。私がイザナミよ」

トベは、目を丸くした。花に彩られたイザナミが、花の精に見えたのだ。


イザナミとトベは、相性がよく、お互いすぐに打ち解けた。二人が話をしている様子は、まるで、昔からの知り合いのようだった。

「トベは、乳母のようだな」

イザナギが笑うと、トベは、陽に焼けた顔を赤らめた。

「乳は、もう出ません」

トベの言葉に、イザナミが噴き出した。

「トベ、旦那様は、この子の乳母ではなく、私の乳母みたいって言っているのよ」

膨らみかけた腹部を撫でながら、イザナミは、楽しそうに笑っている。

イザナギは、心から安堵した。

「ヌホコ、イザナミが笑っている」

「さようですね」

イザナギは、小声で続けた。

「妻は、もう大丈夫だ。私も、やるべきことを始めなければ」

イザナギの口調は、変化していた。ヌホコは、若い主人の顔を見返した。


葦原中国には、倭人達が築いた小国が、数多く存在している。イザナギは、淡路島で生活しながら、ヌホコ達に集めさせた諸国の情報を整理し、記録を作り続けていた。

「屋敷の中で書き物をしていても、何も変えられない。私は、葦原中国の国々を巡ろうと思う」

イザナミとトベの笑い声が聞こえている。

ヌホコも、小声で問い返した。

「兵を出しますか？」

「いや、それでは、相手が警戒してしまう。私は、彼等の本音を、直接聞きたいのだ。危険があっても、なるべく少人数で行きたい。ヌホコ、一緒に来てくれるか？」

「お供します」


出発の準備が整うと、イザナギは、妻をトベに託し、ヌホコと僅かな部下を連れて、諸国を訪ね始めた。

イザナギが「高天原の天君の息子だ」と名乗ったところで、自ら服従を申し出る国など、一つもない。高天原への関心の度合と、反感の度合に、わずかな違いがあるだけだ。

異母兄ヨロズや前任者アワナギの苦労を、イザナギは、思いやった。

「何を、今更」

ある国の王は、言った。

「我等がこの地に国を築いてから、何世代たつとお思いですか。今頃やって来て、従えと言う方が、おかしいでしょう」

イザナギは、言った。

「確かに、葦原中国へ来たのは、あなた方より遅かったかもしれません。しかし、どこに住もうと、倭族の長は、宗主国である高天原の天君様。これは、はるか昔からの決まり事。ここ数世代の話では、ありません」

初老の王は、「やれやれ」という風に、首を左右に振った。

「また、おとぎ話のようなことを。話になりませんな。お帰りください」

屋敷を出た一行は、周囲を警戒しつつ歩きだした。そこへ、後方から声がかかった。

「お前、高天原から来た、イザナギだろ?」

イザナギは歩を止め、振り向いた。

見ると、門の傍に、一人の若い男が立っている。

「みんな、噂しているぜ。子供みたいな顔して、赤ん坊作ったたってな。そんで、グニャグニャのヒルコが生まれて、海に捨てたんだってな」

イザナギの顔がこわばった。

男は、言い放った。

「何が、天神族だ！　何が『従え』だ！　笑わせるぜ！」

思わず引き返そうとしたイザナギの前に、すっとヨロズが歩み出た。ヨロズは、そのまま、男に近づいていく。見るからに強そうな武人に迫られ、その男は逃げ腰になった。

ヨロズは、男の目を見据え、穏やかに言った。

「ヒルコ様は、守り神となり、淡路島で祀られていますよ。よければ、島までご案内しましょう」

男は、目をそらし、肩をすくめた。

「別に。淡路になんか、行きたかねえよ」

そして、ちっと舌を打ち、門の中へと入っていった。

天神族に対する反発は、各地に存在した。それでも、命を狙われずにすんでいるのは、高天原や天神族に対する畏敬の念が、まだ、少しは残っているからではないだろうか。

イザナギは、その可能性に、わずかな希望を託していた。

諦めるのは、まだ早い。いや、高天原のために、諦めるわけにはいかない。

そして、葦原中国に天神族統治の国を作るには、天神に選ばれた特別な一族であると、皆に認められなければならないのだ。

今度こそ、神の祝福を受けた立派な王子が生まれるよう、イザナギは、熱心に祈り続けた。

それから、半年後、イザナミは、無事出産した。生まれてきたのは、元気な男子であった。

イザナギは、たいそう喜んだ。赤子は、高天原から来た神官に祝福され、海を治めることができるよう、海の神「ワタツミ」と名付けられた。

ワタツミは、父親に似た整った顔立ちをした、きれい好きの赤ん坊であった。イザナミは、トベの手を借りながら、ワタツミを育てた。


翌年、二人の間には、また男子が生まれた。山や国土を治められるよう、山の神「ヤマツミ」と名付けられた。

ヤマツミは、母親似の愛らしい顔をしていた。人見知りをせず、よく乳を飲み、よく寝、よく笑った。


イザナギは、相変わらず諸国を巡り、留守がちであった。けれど、イザナミは、幸せだった。可愛い子供達と、トベが、いたからだ。

トベは、自然界について、多くのことを知っていた。食べられる物や、薬になる物を教え、古い言い伝えを話してくれた。

「鳥にも、虫にも、草木にも、命は宿っていますでね。食べ物も、薬も、その命をいただくことだでね」

これが、トベの口癖だ。

イザナミには、よくわかった。

この世に存在するものすべてに、神様からもらった命があり、世界は、その輝きに満ちているということ。葦原中国の人々が、自然や生き物たちを大切にしながら、日々生活しているということ。

イザナミは、美しい自然の中で、季節の花を愛し、子供達を育てた。


ワタツミとヤマツミが、七、八歳の頃、二人はトベに連れられ、よく海辺の岩場へ出かけた。

トベは、岩についたカキを、ヘラを使って器用に剥がし、次々と駕籠に入れていく。

その傍には、いつも、ヤマツミがいて、口を半分開けながら、熱心にトベの手元を見つめている。親鳥がヒナに与えるように、トベは、海水で濯いだカキの身を、時々ぽいと、ヤマツミの口にも放り込んだ。

ヤマツミは、手を叩いて喜び、ワタツミに声をかける。

「兄上、兄上もいかがですか」

「私は、よい」

ワタツミは、少し離れた岩場の上から、返事をする。

ワタツミは、滅多に海に入らず、潮の満ち引きや潮の流れに、強い関心を寄せていた。時には、一人で小高い丘に登り、飽きることなく、潮を眺め続けた。


イザナギが、いつもの長い旅から帰ってきたときのことである。屋敷に向かうイザナギの前方に、木の枝で道端の叢をたたきながら、楽し気に笑い声をあげ、のん気に歩く三人の少年達がいた。

追い抜きざまに見ると、先頭にいるのは、八歳になる我が子、ヤマツミである。

「ヤマツミではないか。何をしている」

「父上！」

ヤマツミの顔に、大きな笑顔が広がった。その口には、赤いものが入っている。

「何か、食べているのか」

ヤマツミは、左手を差し上げて見せた。

「父上、野イチゴです。これは、兄上への土産です。こうやって、草の茎を通すと、何個でも、つぶさずに持って帰れるのです」

イザナギは、戸惑った。雑草の細くて硬い茎に数珠つなぎにされた野イチゴを見せられても、どう応えてよいものか。

ヤマツミは、気遣うように言った。

「父上も、召し上がりますか」

「いや、よい」

イザナギは、訊いてみた。

「草の茎を通すなど、自分で考えたのか」

「イワサクの爺ちゃんに教えてもらいました」

「イワサクとは、誰か」

「ここにいるのが、イワサクとネサクです」

名前を言われて、二人の少年が、ぺこりと頭を下げる。

「その手に持っている枝は、何だ」

「これは、蛇よけです」

汚れた服装で、ニコニコ笑いながら、ヤマツミは言った。

「蛇は、神様だから、殺しちゃいけないんです。だから、叢を叩いて、近寄ってこないようにするのです」


その夜、イザナミの膝を枕にしたイザナギは、妻にこぼした。

「ヤマツミは、『蛇は神様だ』などと言ったぞ。本気で、そう思っているのだろうか」

イザナミは、夫の肩を優しく撫でた。

「トベ達が言うのを、聞いたのでしょう」

「そうか。ヤマツミには、地元の友達もいるようだしな」

そして、妻の顔を見上げて、言った。

「それにしても、ヤマツミは、食べることに関心を持ちすぎではないか？」

イザナミは、夫と目を合わせて笑った。

「食べることは、大切ではありませんか。ヤマツミは、きっと、どんな時でも、飢えることはないわ」

イザナギも、つられて笑った。

「そうだな。ヤマツミは、何があっても、飢え死にだけは、しそうにないな」

イザナギは、現地の子供と変わらぬ姿になっていくヤマツミに、内心、複雑な思いを抱いていた。

イザナギ自身は、この地に骨を埋める覚悟ができていた。それでも、「高天原で育っていれば、立派な王子になれたのに」と思うと、ヤマツミが不憫になるのだった。

イザナギの旅は、続いていた。

葦原中国を武力で支配することは、おそらく困難だろう。イザナギは、そう考え、高天原にも書き送った。

たしかに、倭人の国同士の小さな争いは、各地に存在した。稲作の水利を巡る争いであったり、交易上の権益争いであったり、人間関係を原因とするものであったり、その理由は多様である。

けれども、その争いは、高天原で見聞きしていたものとは、質が違った。一族が皆殺しに遭ったり、集落全部が焼き討ちに遭うようなことは、ここでは、なかった。

葦原中国の人々の表情は、穏やかだった。きれい好きで、いつも、こざっぱりとした服装をしていた。彼等は、血で血を洗うような争いは、嫌いなのだ。

今、高天原から兵を送れば、侵略者として糾弾されるだけだろう。

可愛い息子達を得て、生活も安定していたが、イザナギが高天原のことを忘れることは、なかった。

任務は、まだ、果たせていないのだ。

眠れない夜には、隣で眠る美しい妻の傍から抜け出し、空を見上げた。そして、同じ月明かりに照らされた高天原のために、この身を捧げようと、改めて誓うのだった。

五　子供達

十二歳のワタツミは、美しい生真面目な少年になっていた。一歳下のヤマツミは、相変わらず、のん気で朗らかだった。

イザナギが、新しい建物を建てるための木材の運搬について、ヌホコ達と相談していたときのことだ。

「父上、筏に組んで、川から海を通って運んではいかがでしょうか」

傍で聞いていたワタツミが、言った。

「水上の方が安全ですし、少ない労力で運べます。何が出てくるかわからない、天候次第の山道を運ぶより、ずっと、確かで速いです」

イザナギは、驚いて、ワタツミの顔を見た。

「お前は、いつの間に、そのようなことを考えるようになったのだ」

　父の言葉に、ワタツミは、誇らしい気持ちで一杯になった。

「淡路の南の海では、時間により、渦が生まれます。その大きさは、季節によっても違います。海を知ることは、海を味方につけることです」

　ヌホコ達も、頷いている。イザナギは、言った。

「そういえば、お前は、幼い頃から、海をよく観察していたな」

「父上、私は、海のことを、もっと知りたい。海を味方にできる、誰よりも海に詳しい男になりたいのです」

　イザナギは、ヌホコの顔を見た。

「私の息子は、新しい国を築くという、父の使命がわかっているようだ。頼もしいことだ」

「まことに」

「ワタツミよ、もう少し大人になったら、父と一緒に諸国を回るか」

「父上、私も、船に乗れるのですか」

ワタツミの幸せそうな表情に、イザナギは笑って、息子の肩を軽く叩いた。

それから数日後のことだ。ワタツミとヤマツミが港にいると、漁から帰ってきた男達が、声をかけた。

「若様方、魚を見るかい？　立派なのが釣れましたぜ」

「見せて、見せて」

ヤマツミは、すぐに駆け寄っていった。

「すごい！」

そして、兄を呼んだ。

「兄上、大きな魚です」

ワタツミは、呼ばれたから行く、といった感じで近寄って行く。

「ワタツミ様、いい魚が獲れましたので、お屋敷へ、お届けしましょう」

ワタツミは、びくの中を確認すると、黙って頷いた。

ヤマツミは、その周囲をぴょんぴょん飛び跳ねながら、男達に言った。

「兄上は、海を知り尽くした男になるのです」

男達の顔に、笑みが広がった。

「海のことなら、俺達ほど知っている者は、そういないぞ」

「渦潮のことも？　風のことも？」

「そうさ。俺達は、船を繰って、魚も獲るし、人や物も運ぶんだ」

ヤマツミが、問うた。

「おじさん達の、その模様は、なんなの」

彼等は、全身に入れ墨をしていた。ヌホコも、入れ墨をしていたが、腕だけだった。

男達は、顔にも脚にも、赤や黒の入れ墨をいれている。

「これかい？　恰好いいだろう」

「うん。でも、痛くない？」

「入れるときは、痛いさ」

「痛いのに、どうしてしてるの？」

「こうしていると、海の神様が、俺達を守ってくれるのさ。海に潜っても、鮫に襲われたりしないのさ」

「ふーん」

ヤマツミは、興味津々で、男達の入れ墨を一人一人見せてもらっていたが、不意に言った。

「僕にも入れて」

男達は、笑った。

「そんなことしたら、イザナギ様に大叱られじゃ。若様は、海に入らなくていいから、入れる必要ないさ」

ヤマツミは、納得しない顔で言った。

「恰好いいのに」

屋敷に戻ったイザナギは、庭の奥から聞こえる、息子二人の声に気づいた。

「兄上、動かないで」

はしゃいでいるのは、ヤマツミの声だ。

「やめろよ」

笑いまじりで拒絶しているのは、ワタツミだ。ヤマツミの笑い声が重なる。

イザナギは、庭の奥へと進んだ。

「何事だ」

と、言いかけて、イザナギは、言葉を失った。

顔に模様を入れた息子二人が、そこにいたからだ。

「父上」

顔に年輪状の線を描いたヤマツミは、にこやかに言った。

「お帰りなさいませ」

その手には、炭が握られている。

父の表情に気づいたワタツミは、目や口の周りを黒く塗ったまま、真っ赤な顔になり、俯いた。

「何事だ」

ワタツミが答えられずにいると、ヤマツミが、はしゃいだまま、答えた。

「父上、入れ墨です。こうしていると、海の神に守られて、鮫に襲われたりしないのです」

イザナギは、静かに言った。

「早く、顔を洗いなさい」

部屋に向かうイザナギの胸中には、自分でも驚くほどの、激しい憤りが、煮えたぎっていた。

顔に模様を入れ、両腕に線を描いた、我が息子二人。一人は嬉しそうに笑い、一人は、恥ずかしそうに突っ立っている。その姿が、イザナギの目に焼き付いていた。

二人とも、高天原にいれば、王族の一員であるというのに！

しばらくすると、ワタツミが父を訪ねて来た。ごしごしと力任せに洗ったらしく、わずかに黒い跡が残る顔は、赤くはれていた。

「父上」

ワタツミは、おずおずと、遠慮がちに、声をかけた。父の顔色を、うかがっている。

「父上、申し訳ありません」

イザナギは、素気なく言った。

「何を謝る」

「父上に恥をかかせました。弟を諫めることができませんでした」

イザナギは、ワタツミの目を見た。

「お前は、わかっているのだな」

「はい」

その目に、涙が浮かんでいる。

「父上、私は、母上が大好きです。優しく、美しく、いつも朗らかな、母上が大好きです。弟のことも好きです。そして、父上を誇りに思っています。新しい国を築くために、遠い高天原の地から、わずか十五歳で渡ってこられたことは、多くの者が知っています」

ワタツミの目から、涙が零れ落ちた。

「父上、こんな、入れ墨など、私もしたくない。こんな馬鹿げた姿を、父上に見られて、恥ずかしくてたまりません。私は、父上のように生きたい。国のために命をかけて、生きていきたい。けれど、どうしたらよいか、分からないのです」

ワタツミは、父を見上げた。

「父上、私は、どのように生きていけば、よいのでしょうか」

イザナギは、胸を突かれた。

「ワタツミ、お前、いくつになった」

「十二です」

「忙しさにかまけて、お前とゆっくり話すこともなかった。お前がそのような気持ちでいることに、気づかなかった」

イザナギは、少し考えた。

「ワタツミ、私と一緒に、高天原へ、行ってみたいか」

ワタツミは、顔を輝かせた。

「もちろんです」

イザナギは、決めた。

「ワタツミよ、対馬のアツミ殿にも会わせよう。アツミ殿の一族は、筑紫と高天原の間の海を、自由に行き来することができるのだ。お前が学ぶことも、多いだろう」

次の旅に、イザナギが長男ワタツミを連れて行くと聞いたとき、イザナミの心は、ざわついた。

「なぜ、ワタツミを連れて行くのですか。まだ子供なのに」

イザナギは、優しく言った。

「イザナミ、ワタツミは、もう子供じゃない。しっかりした考えを持っている。ここへ来たときの私達も、同じくらいの年齢だったではないか」

心配そうに自分を見つめる母に、ワタツミが言った。

「母上、私が望んだことです。私達の新しい国のため、私は、もっと学ばなければなりません」

イザナミは、諦めざるを得なかった。いつの間にか、息子は成長していたのだ。

出発の日が、きた。

「ワタツミ、気を付けて」

「母上も、お元気で」

ヤマツミが、眩しそうに兄を見上げた。

「兄上、戻られたら、お話を聞かせてください」

ワタツミが、笑った。

「しっかり見てくる。待っていろ」

ヌホコとその部下達を伴い、イザナギとワタツミは、船を出した。


初めての船旅に、ワタツミの心は躍りっぱなしだ。熱心に、海面を見、周囲の島々を見続けた。その様子を、イザナギとヌホコは、楽しそうに見守っている。

ワタツミは、不意に、ヌホコに言った。

「見事だな。このように狭く急な流れの中を、うまくすり抜けて行けるものだ」

イザナギとヌホコは、顔を見合わせた。

「この技が、国を守っているのだな。お前達の力は大きいな」

二人が噴き出したので、ワタツミは、振り向き、不思議そうな顔をした。

ヌホコは、イザナギに言った。

「イザナギ様と、同じことを言われる。本当に将来が楽しみな若様です」


瀬戸内海を抜け、筑紫を通り、壱岐から対馬へと、一行は進んだ。


対馬に着くと、かつて、イザナギ達を出迎えてくれたように、アツミが港で待っていた。

アツミは、イザナギの後ろにいる凛々しい少年に気づくと、笑顔になった。

「これはこれは。イザナギ様の若様とお見受けしたが」

「長子のワタツミです」

その名前を聞くと、アツミは、一層笑顔になった。

「海の神とは、よいお名前です。イザナギ様、昔の約束を、果たしてくださるのですね」

ワタツミは、怪訝な顔をする。イザナギは、笑って答えた。

「この旅は、ワタツミに、高天原を見せに行くための旅なのです」

「それでは、お引き止めいたしません。帰路には、是非、我が屋敷に、お寄りくださ
い。歓待いたしますゆえ」


金海の港から、洛東江を遡る。

ワタツミは、異質な空気に緊張していた。

「どうした、ワタツミ」

「父上、何かわかりません。気を許せないものを感じます」

イザナギは、頷いた。

「これが、高天原を取り巻く空気なのだ」

高天原の宮殿に着くと、その格式の高さに、ワタツミは、息をのんだ。

「漢の宮殿に倣っているのだ。葦原中国の屋敷とは、違うだろう」

イザナギは、ワタツミとヌホコを伴い、宮殿の中を進んだ。石畳の中庭を、当然のように進む父の姿は、ワタツミが今まで見たことがないものだった。


タカミムスヒは、初めて会う孫を、じっと見つめた。ワタツミの容姿は、子供の頃のイザナギに、よく似ていた。

「お前が、ワタツミか。会えて嬉しいぞ」

「お目にかかれて、光栄です。お祖父様」

タカミムスヒは、優しく続けた。

「お前の両親は、この国の命運を担って、葦原中国へ行ったのだ。イザナギが伝える情報のおかげで、我々は、未来に希望を持つことができている。ワタツミよ、父をたすけ、この国の人々を支えておくれ」

ワタツミは、深く頭を下げた。今まで感じたことがない、強い誇りと、熱い思いで、胸が一杯になった。これまでの人生は、すべて無駄に過ごしてきたような気がした。

「父上、高天原は、無事でいられるのでしょうか」

宮殿を出てから、ワタツミは、イザナギに尋ねた。父イザナギも、何か深く考えているようだった。


高天原からの帰路、船から見える対馬は、羽を広げた巨大な海鳥にも、前領巾を開いた大ウミガメにも見えた。

対馬の港に着くと、美しい少女を連れて、アツミが待っていた。

「私の娘、オトヒメです」

少女は、膝を曲げ、イザナギ達に挨拶する。

一行は、そのまま、アツミの屋敷へと向かった。

食事の後、イザナギは、アツミに尋ねた。

「父上は、何も言われなかったが、お疲れのご様子だった。高天原の空気も、さらに緊張していた。アッミ殿は、何かご存じですか」

　アツミは、真面目な顔になった。

「東の方では、朝鮮から南下してきた人々が作った小国が力を増しています。西の方では、前の朝鮮王が建てた国を中心に、馬韓の連合国を作りつつあります。東西から迫られて、倭人の国の形勢は、よくありません」

　イザナギは、ため息をついた。

「やはり、そうか」

「かの地の倭人の国々は、もはや風前の灯。今や、朝鮮の人々との混血が進み、韓の国となりつつあります」

「そうでしたか」

「イザナギ様は、かの地に残る倭人達の、希望そのもの。万一に備え、葦原中国に、立派な天神族の国をお作りください」

「筑紫や越（コシ）、吉備などでは、すでに国が生まれ、王達の世襲が始まっています。権力の周りには、既得権益を持つ集団も育っている。これらの地で新しい国を築くのは、もはや困難かもしれない」

ワタツミは、黙って傍にいたが、俯いたまま、流れる涙を、拳でぬぐった。

「ワタツミ殿、どうされた」

「私は、父上の苦労も知らず、自分に課せられた使命にも気づかず、のん気に暮らしていました。私は、自分が恥ずかしい。何か、私にも、させてください。何の力もない私ですが、できることがあれば、させてください」

アツミが、静かに言った。

「イザナギ殿、冗談ではなく、本当に、昔の約束を叶えてはくれないだろうか」

ワタツミは、顔を上げた。

「昔の約束？」

イザナギは、ワタツミを見た。肌の美しさは少年そのものだが、その表情には、若い男の強い意志が現れ始めていた。

「ワタツミ、お前、ここに残る気は、あるか」

「対馬に、ですか」

「ここに残り、アツミ殿の下で、船や海のことを学ぶ気はあるか。高天原と葦原中国を繋ぐ任を、担う気はあるか」

ワタツミは、目を輝かせた。

「私に、そうさせていただけるのですか」

「お前が望めば、だ」

「父上、そうさせてください。私に、もっと学ばせてください。私も国のために働きたい。私は、アツミ様の元で、対馬を守ります。高天原に残った人々が、無事に渡ってこられるように。我等を傷つけようとする者達が、海を渡ってこられないように。父上が作られる新しい国を守るため、私は、働きます」

イザナギは、アツミの方を見た。

「アツミ殿、どうだろう」

「私に異存はありません。お預かりして、立派な海の王にお育てしましょう」

イザナギ達が帰って来る日を、イザナミは、いつも以上に待ちわびていた。なぜか、胸騒ぎがしていた。

「母上、船が見えてきました！」

ヤマツミの知らせに、イザナミは、港へと急いだ。

船が着いた。夫が、見える。ヌホコもいた。だが、そこに、我が子ワタツミの姿はない。

イザナミは、夫の元に駆け寄った。

「ワタツミは、どうしたのですか」

「対馬のアツミ殿のところへ、預けてきた」

「えっ？」

驚く妻を、イザナギは、優しく諭した。

「イザナミ、ワタツミは、もう子供ではない。自分で望んで、対馬に残ったのだ。お前も覚えているだろう。昔、アツミ殿が言われたことを。アツミ殿は、今も、ご自分の娘の婿にと思っておられる。アツミ殿を信じて、ワタツミを任せよう」

言葉を失った母の代わりに、ヤマツミが、念を押した。

「父上、では、兄上は、帰ってこないのですか」

「そうだ」

イザナギは、ふと、尋ねてみた。

「ヤマツミ、お前も対馬へ行きたいか」

ヤマツミは、驚いた顔で聞き返した。

「何のために、行くのですか?」

「葦原中国に、天神族の新しい国を築くためだ」

ヤマツミは、不思議そうな顔をした。

「新しい国なら、もうここに出来ているではありませんか。私達が暮らす淡路島は、新しい私達の国では、ないのですか?」

イザナギは、ヤマツミの顔を見た。素直にそう思っている顔だ。ヤマツミは、この地の服装で、この地の者達と同様の、どこか緩い感じがする表情で、小首をかしげていた。

ワタツミが対馬のアツミの元へ行ってから、イザナギに、続けて三人の子供ができた。アマテルとツクヨミ、スサノオである。

アマテルは、生れながらに賢く、輝くほどに美しく、子供でありながら、威厳のようなものを持つ娘だった。優雅な身のこなしは、気品に満ち、大人たちをも圧倒した。子育ては妻に任せていたイザナギだが、「アマテルを高天原に連れて行けたら」と、密かに願わずにはいられなかった。

ツクヨミは、姉ほどの輝きはないが、読み書きを好み、賢かった。この子なら、漢の暦の技法も、きっと理解できるだろう。

スサノオは、いつも母親の傍にいた。歩くときには手をつなぎ、夜は、母の傍で眠った。

子供らしく天真爛漫なスサノオだったが、時々、突然、癇癪を起こした。その癇癪は、あまりにも激しかった。顔を真っ赤にして泣き叫び始めると、誰にも止められず、スサノオ自ら鎮まるのを待つしかなかった。

常に自分を律し、取り乱すことがないアマテルも、母イザナミと弟スサノオにだけは、子供らしい感情を見せることがあった。

愛らしい唇をとがらせて、アマテルは言う。

「お母様、お母様は、スサノオに甘すぎます。もっと、叱ってください」

イザナミは、楽しそうに笑って答える。

「スサノオは、スサノオなりの理由があって、泣いたり怒ったりしているのよ」

「スサノオは、人を困らせたいのです」

「アマテル、風は、人を困らせたくて吹くのではないでしょう？　吹くべきときに、吹いているだけ。スサノオも、きっと、同じなのよ」

「人前で泣き喚くようでは、王族として人々の信頼を得ることはできません」

イザナミは微笑み、頬をふくらませている美しい娘を抱き寄せる。

「アマテルは、お父様の教えを、ちゃんと守っているのね。偉いわ」

六　五斗長垣内

　船底に隠れる男を見つけたのは、ワタツミだった。十八歳になったワタツミは、夜の見回りをしていた。船は、翌朝、イト国に向けて発つ予定だった。

「何者だ！」

　ワタツミが、手にした燈明の灯を向けると、男は、眩しそうに片手で目をおおった。一瞬、逃げる素振りを見せたが、すぐに居直り、積荷の陰から出てきて、悪びれずに言った。

「アツミ殿と、話をしたい」

　男は、アツミの屋敷に連れて行かれた。漁師の恰好をしているが、とても漁師には見えない。物腰は柔らかいが、眼光の鋭い男である。

　アツミは、尋ねた。

「お前は、何者だ。私に話とは、なんだ」

馬鹿丁寧なお辞儀をして、男は言った。

「私は、漢の武器商人、ロンと申します。事情があり、漢から逃げてきたところです」

「漢の武器商人が、何故、イト国に行く船に乗っていた」

ロンは、アツミの顔を見た。

「何故だと、思われますか」

一瞬、間があった。

アツミが、問うた。

「イト国に、呼ばれたのか」

「打診は、受けました」

重臣達が、ざわついた。

「イト国へ行って、何をするつもりだったのだ」

ロンは、大きく息を吸って、ゆっくりと吐き出した。

「私を、雇いませんか」

「突然、何を言う」

「私には、鉱脈を見つける能力がある。漢に囚われそうになったのも、そのせいです。製鉄や鍛冶の方法も、知っている。武器の良し悪しも、わかる。かなり有益な男です。雇って、損はない」

アツミは、言った。

「イト国で、鉄の武器を作らせるつもりだったのだな。いくら有益な男であろうと、いきなり雇い主を変えてもよいと言い出すような男を、どうして信用できるのだ」

ロンは、答えた。

「私は、鉄の神、武器の神を崇拝するもの。イト国行きが失敗したということは、神が、私のイト国行きを望んでいなかったということです」

「都合のよい解釈だな」

「高天原を通ったとき、鉄の臭いがしました。おそらく、鉱脈があるのでしょう。鉄の神は高天原を選んだ。天神族ゆかりの方に捕らえられたのも、運命。私は、高天原に従いましょう」

　取りあえず牢に入れたロンの処遇について、アツミ達は、協議を行った。

「どう考える」

「このまま殺すには、惜しい男だ」

「だが、信用するか否かは別として、あの男をイト国に行かせるのは、とても危険です」

「確かに」

「イト国は、本当に、高天原に対抗する気なのだろうか」

　重臣達の意見を黙って聞いていたワタツミが、言った。

「私も天神族の血を引く者。私が、イト国の王に会って、話を聞いて参ります。それから判断されては、いかがでしょうか」

　アツミは、同意した。

「私が直接動くより、よいかもしれぬ」

翌日、筑紫行きの船に乗り、ワタツミは、イト国に着いた。

イト国王に面会したワタツミは、言った。

「高天原の東で、新たな国を作る動きがあるのは、ご存じかと思います。高天原を守るため、貴国の力添えをお願いしたく、参上しました」

イト国王は、言った。

「なぜ、我等が、高天原のために？」

「高天原は、倭族の宗主国。タカミムスヒ様は、我等の天君ではありませんか」

「高天原が宗主国を務めていたのは、もう随分昔の話だ。現に今、こうして、この国は、天君なしで十分繁栄している」

「高天原は、我等の聖地、伽耶山を守り続けています」

イト国王は、笑った。

「カヤ山なら、イト国にもある。良い石でできた美しい山だ。我等は、この加也山を大切にしていく。高天原に戻る気などない。船で行き来して、交流し、商売をする。

そして、互いに、必要なものを交換する。それだけで十分だ」

「では、高天原も他の国も、イト国にとっては同じ、ということですか」

イト国王は、真面目な顔になった。

「ワタツミ殿、誤解しないで欲しい。我々は、高天原を敵視しているわけではない。我が国も百年以上の歴史を持つ国になったということを、認めていただきたいだけだ。今更従属国になるつもりも、その必要性もない。我等は、独立国として、条件があえば、他の国とも商売をする。それだけだ」


イト国から帰ったワタツミは、牢のロンを訪ね、格子ごしに問うた。

「お前、本当に、漢の人間か」

ロンは、黙って、ワタツミの顔を見ている。

「倭人に見えるが、違うのか」

「倭人といったら、天神族のシモベ扱いだろ？」

「そんなことはない」

「あるさ」

ロンは、立ち上がり、ワタツミの目の前まで来た。

「天神族って、何様だ？　宗主国って、なんだ？　高天原って、どれくらい偉いんだ？」

「我等は、古来、倭人を統率し、神に祈ってきた」

「はあ？　俺達の村が漢の奴らに皆殺しにされたとき、高天原は、何をしてくれた？　一人生き延びた俺が、朝鮮の奴らに追われたとき、天神族が助けに来てくれたか？」

「だから、イト国に味方しようと思ったのか」

ロンは、元の位置まで戻り、あぐらをかいた。

「鉱脈がわかるってのは、本当だ。武器にも詳しい。俺は、鉄の臭いを感じるんだ。漢の奴らが近づいていたときも、俺は、沢山の鉄の臭いを感じて、皆に逃げようって言ったんだ。誰も信じちゃくれなかったけどな」

ロンは、床を見つめ、自分の脚を両手の拳で叩きながら、言った。

「鉄は、血と同じ臭いがするんだ」

　ワタツミは、ロンに声をかけた。

「ロン、お前、辰国の遺民達のために、葦原中国へ行ってくれないか？」

　ロンは、顔を上げた。

「行って、何をする」

「高天原を守るための武器を、信用できる場所で作りたい。私の父が治める淡路島へ行き、鉄の武器を作ってくれないか」

　ロンは、言った。

「けど、俺は、天神族のシモベには、ならないぜ。それに、俺は、漢の武器商人、ロンだ」

「いいさ、それで」

　ワタツミが、突然、淡路島を訪ねて来たのは、対馬に渡って六年目のことだった。

「ワタツミ！」

「母上」

イザナミは、幼い三姉弟に告げた。

「対馬にいる兄上ですよ」

三人は、初めて会う兄を、眩しそうに眺めた。ワタツミは、一回り大きくなり、陽に焼けた精悍な男になっていた。

「アマテル、ツクヨミ、スサノオ、父上や母上を助け、良い子にしているか」

ワタツミの言葉に、アマテルが言った。

「お兄様、スサノオは、まだ、お母様と毎日一緒に寝ています。叱ってやってください」

隣で、ツクヨミが、しきりに頷いている。

ワタツミは、笑った。

「スサノオ、では、お前が、真っ先に、母上を守らないといけないな」

スサノオは、姉の顔を見ながら、胸を張った。

「兄上！」

十七歳になったヤマツミが、喜び一杯の顔で、駆けつけた。天真爛漫だったヤマツミも、幼馴染の女性と結婚し、既に、一児を得ていた。

「ヤマツミ、背が伸びたな」

「兄上こそ、ますますご立派になられました」

抱き合う兄弟を見ながら、イザナギは、声をかけた。

「ワタツミ、何か急用ではないのか」

ワタツミは、弟から身体を離して、頷いた。


イザナギは、ワタツミを部屋に招いた。

「高天原に何かあったのか」

「父上、朝鮮から来た人々が高天原の東に、新しい国を作ろうとしています」

「倭人の国々は、どうしているのだ。高天原を中心に団結しようとはしていないのか」

「表立っては動いていません。彼等の勢いに押され、同調する動きさえあります。団結どころか、どう動くべきか、様子見をしているようです」

イザナギは、ため息をついた。

「父上、お願いしたいことがあり、参上しました」

「言ってみよ」

「淡路に、鉄器工場を作っていただきたいのです。周辺国があてにならない以上、高天原を守るのは、我等しかいません」

「鉄器工場か」

「鉄の武器は、強力です。漢が急激に力を得たのも、鉄製の武器を揃えることができたためです」

「確かに」

「我々も、鉄の武器を作り始めなければ、周りの国々に対抗できません」

「しかし、そのような技術を、どこから得ることができるのか」

「漢から逃げてきた男が、製鉄の技術も、武器製造の技術も持っていました。父上さえ、許可してくだされば、この淡路に来てもよいと言っています」

イザナギは、一瞬迷ったが、息子を信じることにした。鉄製武器の脅威は、高天原にいた頃から承知していた。

「わかった。お前が確かだと思う男ならば、会ってみよう」


ワタツミが対馬に戻り、ひと月ほど経った頃、港に着いた一団が、ヌホコに案内されながら、山裾の道を進んでいた。ヌホコと並んで先頭を行くのは、ロンだ。その後には、前後左右を屈強な男達に守られながら、一台の荷車が引かれている。

一団は、イザナギが用意した家に入り、ロンだけがヌホコに伴われて、イザナギの屋敷へと向かった。

屋敷に入ると、ロンは、イザナギの前に進み出て、深々と頭を下げた。

「葦原中国の大王様、お初にお目にかかります。私は、漢から参りました武器商人、ロンと申します」

男の言葉を、イザナギは、遮った。

「私は、王族の一員だが、王ではない」

ロンは、大げさに驚いてみせた。

「何を言われる。イザナギ様は、由緒正しい天君タカミムスヒ様の御子息。そして、この葦原中国に天神族の国を建てられるお方。秦に例えれば、始皇帝となられるお方ではありませんか」

イザナギは、真剣な表情で言った。

「私は、天君の後継者となられる方のために、新しい国を築いているのだ。私自身が王になるためではない」

ロンが、さらに言いつのろうとしたとき、トベに連れられて、アマテルとツクヨミが帰ってきた。

アマテルを一目見たロンは、目を見開き、言葉を失い、何度も何度も、アマテルに視線を向けた。イザナギが笑った。

「ロン殿、私の娘アマテルと、その弟ツクヨミだ」

「なんと」

「二人の下に弟のスサノオがいるが、妻と出かけている。二人の上には、対馬のワタツミの弟、ヤマツミもいる」

そこへ、イザナミとスサノオも、帰ってきた。

イザナギは立ちあがり、ロンを紹介した。

「イザナミ、スサノオ、対馬からのお客様だ」

イザナミが身体を低くして挨拶をすると、客人は我に返り、朗らかな大きな声で、言った。

「これは、これは、イザナミ様。噂通り、実にお美しい。スサノオ様は、お母さん子のようですな」

その口元は、思い切り笑っているようだったが、視線は鋭く、目元は笑っていなかった。

スサノオは、身震いして、母親の後ろに隠れた。

イザナギは、客人に向かって言った。

「スサノオは、末っ子なので、つい甘やかしてしまいました。お恥ずかしい」

ロンは、口元だけの笑顔のまま、言った。

「いやいや。末の男の子とは、そういうものでしょう。それより、アマテル様の気高さ、美しさは、尋常ではない。まだ幼いというのに、光輝くようだ。是非、高天原へお連れくださいと」

イザナギの部屋に入ると、ロンが言った。

「イザナギ様、アワナギ様から伺いました。この淡路島に、鉄の武器工場を作られたいとか」

「簡単にできるのか」

「簡単ではありません。しかし、条件を整え、設備を揃えられれば、この地でも、必ずできます」

「そうか。だが、どこに作るのだ」

「防御を考えれば、高台がよいでしょう。風が通ることも必要です。風は、火を強めます。周囲に、薪に出来る木があった方が、運ぶ手間が省けます。それから、良い港が近くにあった方がよい。そのような所は、ありますかな」

イザナギは、家人を呼んだ。

「ヤマツミを呼べ」

部屋に呼ばれ、ロンが並べる条件を聞いたヤマツミは、すぐに答えた。

「五斗長垣内は、どうでしょう。島の東西の幅が狭くなった所の高台で、ブナやナラの林があり、風が通り、西に下れば室津の良港があります」

「まさに、条件通りの場所ですな。是非、下見に行きたいものだ」

イザナギは、笑った。

「山のことは、やはり、ヤマツミだな。ヤマツミよ、山で採れるのは、食べ物だけではないぞ。鉄も薪も、山から採れるのだ。お前も、ロン殿について、学ぶとよい」

翌日から、五斗長垣内では、薪にするための木を切り、鉄器工場を作る敷地に変える作業が始まった。ヤマツミは、幼馴染のイワサク、ネサクを連れ、作業に立ち会い、指示を出した。

食事を届けに来たイザナミは、切り拓かれた林を目の当たりにし、ヤマツミに言った。

「このように木々を切ってしまっては、動物達は困るでしょう」

傍にいたロンが、笑った。

「奥方は、お優しい人だ。けれど、国の母たるお方、動物達より、人々の命を心配されるべきでしょう。鉄の武器を作ることは、国が生き延びるために、必要不可欠です」

「人々は、今、平和に暮らしています」

「奥方、私が言う『人々』とは、高天原の方々のことですぞ。高天原にもしものことがあれば、かの地の人々を守り、受け入れなければなりません」

イザナミは、尋ねた。

「この地で暮らしている人々は、どうなるのですか?」

「まだ、そのようなことを言われるか」

ロンは、不愉快そうに、口を閉ざした。

鉄器工場の建設工事が始まり、数日が経った。手下を率いたロンが、屋敷を訪れ、新しい鉄製の刀や槍を、得意気に並べてみせた。

「今までのどんな武器もかないません。この太刀にかかれば、どんな刀もたちまち折れるでしょう。どんな鎧で身を固めていても、この太刀を振り下ろせば、命はありますまい」

イザナギの前に、刀が入った箱が置かれた。

「国を作るには、まず、武器です。優れた武器を持つものが、世を制するのです。高天原の血統をお持ちの、イザナギ様こそ、是非、この太刀をお持ちいただきたい」

イザナギは、太刀を一振り手に取ると、かざして刃の美しさを確かめた。

「なるほど、実に素晴らしい太刀だ」

「イザナギ様、是非、切れ味をお確かめください」

イザナギの前に、藁で作った人形が三体、運ばれてきた。藁人形には、この地の人々の衣装が着せてある。イザナギは、一歩前へ出ると、太刀を大きく振りあげ、中央の藁人形めがけて、振り下ろした。

藁人形は、ざくっと二つに割れ、上半身が地面に落ちた。

「おおっ」

その切れ味に、驚嘆の声があがった。

続いて、左右の藁人形に、イザナギは切りつけた。二体の人形も、真っ二つである。

突然の出来事に、イザナミの身体は固まった。藁人形とはいえ、イザナギが人の姿を切るのを見たのは、初めてだったのだ。

ロンは、大きな声で言った。

「イザナミ様、この刀があれば、これまでの苦労も報われることでしょう！」

イザナミは、戸惑った。

「私は、苦労などしていません」

「これは、また、なんと奥ゆかしい。まさに、高貴な血を受け継ぐお方、このような野蛮な地で生活されても、気高さは少しも色あせておりませんな」

「私は、この地が野蛮な地だとは、思っていません。豊かな水があり、働けば食べていける。安心して眠れる場所があり、家族や友人達がいる。そのような暮らしに満足して生きることが、野蛮だとは、思いません。武器で、人を治めることができるとは、思えません」

「何をおっしゃる。武器がなければ、すべて、絵空事。鉄こそが力ですぞ」

「鉄や武器の力は、本当に意味があるのでしょうか」

「イザナミ！」

刀を見ていたイザナギは、慌てて戻り、妻を制止しようとした。

ロンの顔から愛想笑いが消え、憎々し気な表情が広がっていった。

「言葉をつつしまれよ。神の血を引く一族の建国のために、力を貸そうと参ったのに、鉄と武器の神に、恥をかかせる気か」

イザナミは、言った。

「この島は、美しい島、平和な島。この島を、武器を作る基地にするなど、恐ろしいことです」

ロンは、イザナミを睨み付けた。

「ご自分の立場をお忘れのようだ。高天原を守るため、葦原中国を従えるため、新しい国の国母となるために、あなたは来たはず。なぜ、高天原の危機を他人事のように、言われる。滅んでいった辰国の人々は、どうなる。なぜ、鉄の神を敬わないのだ」

周囲が、ざわついた。

ロンは、続けた。

「そなたは、鉱物の子を身ごもるであろう、その子は、そなたに、金属の力を見せつけ、そなたを苦しめ、焼けた金属の力で、そなたの身体を焼くであろう。覚悟されよ！」

七　カグツチ

それからほどなく、イザナミは、妊娠していることに気づいた。妊娠出産ではあまり苦労しなかったイザナミだが、今回は、つわりが長々と続いた。何に触れても、何を食べても、鉄の臭い、血の臭いが、イザナミを苦しめた。

腹部が膨らむとともに、それ以外の部分は、植物が萎れていくように、やつれていった。まるで、腹の中にいるものが、イザナミの生気をすべて吸い取っているかのようだった。

日に日に衰えていくイザナミを、トベは、耐えられぬ思いで見守っていた。

ある日の夕方、トベは、庭先でしゃがみこむイザナミに気づき、慌てて駆け寄った。

「奥様、大丈夫ですか」

イザナミは、青白い顔で振り向き、にっこり微笑んだ。

「大丈夫よ、トベ」

「何をなさっていたのですか」

「カグツチと話をしていたの」

「カグツチとは」

イザナミは、突き出た腹部を、優しく撫でた。

「この子よ」

「カグツチとは……鉱物の精という意味ではありませんか」

「そうね」

イザナミは、笑った。

「この子に話をしていたの」

トベは、泣いた。

「奥様、お腹の中の子は、普通の赤子ではありません。薬なら、あります。どうか、出してしまってください」

「トベ、そんなに心配しないで。この子が悪いわけではないわ。カグツチは、良い子よ」

腹の中の子が「カグツチ」と呼ばれていることを知り、ヤマツミは、父に言った。

「父上、ロンに呪いを解くよう、命じてください」

「お前は、呪いを信じているのか」

「母上の様子は、尋常ではありません」

「イザナミは、つわりのせいだと言っている。ロンは、高天原を守るために、来てくれたのだ。高天原を思うあまり、つい口走ってしまったのだろう」

「呪い」の存在を肯定するなど、イザナギには、考えられないことだった。

神以外の者が、そのような力を持つなど、どうして信じることができよう。

五斗長垣内の斜面を歩くロンを目にしたヤマツミは、彼に駆け寄り、その腕を掴んだ。

「ロン殿、母上への呪いを解いて欲しい」

「私が呪ったわけではない」

「呪ったではないか」

ロンは、腕を掴まれたまま、ヤマツミの顔を見つめた。

「平和な顔をしておられる。兄上とは、大違いだ」

ヤマツミは、手を離した。

「高天原が、何故、窮地に陥ったと思われる。争いを避け、争いから逃げ、『徳』とやらで国を治められるなどと、信じたからだ」

「お前では、呪いは解けぬと言うのか」

「奥方が呪われたとしたら、それは、鉄の神の意志。私は、神の意志を伝えただけだ。鉄の力を軽んじる者は、鉄によって滅びる。鉄の神は、無慈悲だ。無慈悲だから、強いのだ」


臨月が近づくと、イザナミの顔色は、ますます悪くなっていった。

イザナギは、イザナミの身を案じ、妻を苦しめる腹の子を憎んだ。

イザナミは、笑って言った。

「この子に、罪はないわ。私の体調が悪くて、苦労させているのよ」

けれど、トベや親しい女性には、こうも言って、彼女達を泣かせた。

「私が死んだら、この地に葬ってね。葬儀は、この地のやり方でやってね」


そんなある日、イザナミは、スサノオに声をかけた。

「スサノオ、海を見に行きましょう」

スサノオは、母が元気を取り戻したと思い、素直に喜んだ。北の海が見える丘に立ち、イザナミは、言った。

「海の向こうに、山々が見えるでしょう。あの向こうには、もう一つ海があるのよ。そして、出雲という大きな国があるの」

「出雲？」

「昔、小さな国の神様達は、毎年、冬になる前に、出雲に集まったそうよ」

「どうして？」

「一生懸命働いても、お天気が悪ければ、収穫が少なかったりするでしょう？」

「うん」

「だから、神様達が集まって、どれだけ収穫できたか、教え合うの。そして、余っているところが、足りないところに、食べるものをあげる話し合いをするのよ」

　イザナミは、海を見つめた。

「お母さまが、子供のころ暮らしていた国では、いつも、よその国が奪いに来るのではないかと、心配していた。余ったときは分け合おうなんて、そんな国はなかった」

「お母さま？」

「スサノオ、出雲はね、昔から、硬い特別な石が採れる島に渡る港だったの。矢尻や刃物に使える、硬くてよく切れる石よ。その石をたくさん武器に使えば、出雲は、どこにも負けない強い国になれる。だけど、出雲は、そうしなかった。生活に使うために、毛皮をはいだり、木を削ったりするために、少しずつ、大切に、皆に分け与えていたのよ」

スサノオは、言った。

「お母さま、出雲に行きたいの？　早く元気になって。一緒に行こうよ」

イザナミは、微笑んだ。

「そうね。一緒に行けたら、いいわね」

イザナミは、海の遥か彼方を見つめた。

本当に、そんな国があるのだろうか。国民の平和な生活だけを望み、他の者達が持っているものを欲しがらない国が。武器よりも、日常の道具を大切にする国が。

その日、イザナミは、トベを従え、五斗長垣内にいるイザナギとヤマツミに、替えの衣服を届けにきたところだった。

突然、激しい痛みに襲われ、イザナミは、地面に崩れ落ちた。その足元からは、赤味を帯びた水が広がっていく。破水したのだ。

「奥様っ」

トベが叫んだ。

イザナミは、嘔吐し、苦しみ始めた。

「イザナギ様！　ヤマツミ様！」

トベは、持ってきた衣類や布で、イザナミの身体を隠そうとした。

人々が集まって来る。騒ぎに気づき、ヤマツミが駆けつけた。

「母上っ！」

イザナミの身体からは、真っ赤な頭が半分出ている。イザナミの産道は、焼けるように痛んだ。イザナミは嘔吐し続け、苦しみ続けた。

ようやく出てきた赤子は、焼けた鉄のように赤く、その全身からは、熱い湯気が立ち上っていた。

そして、濃い血の臭い、まるで濡れた鉄の臭いが広がっていく。

「父上を呼べ！　早く！」

ヤマツミが叫んだ。

周囲には人垣ができ、怯えた声で、ひそひそと囁き始めている。

「見ろ、あの真っ赤な色を」

「あれは、人間の子じゃない」

「鉄の子だ」

「焼けた鉄の塊だ」

「呪いの話は本当だ」

母を抱きしめるヤマツミの背に、次々と言葉の礫が飛んできた。

怒りで顔を真っ赤にして、ヤマツミが立ち上がろうとしたとき、母の手がヤマツミの袖をつかんだ。

「ヤマツミ」

「母上」

イザナミは、ヤマツミの目を見つめて、囁いた。

「カグツチを、お願い」

「母上」

「この子には、罪はない」

「母上」

「イザナミ！」

駆けつけたイザナギの声が響いた。

イザナミは、ヤマツミの腕にすがり、夫の姿を見ようとするかのように、少しだけ、身体を起こした。

「あなた……」

イザナギが、イザナミの頬を両手で包んだとき、イザナミはふっと微笑み、そのまま、こと切れた。

テラテラと赤黒く光る赤ん坊を目にすると、イザナギの怒りと悲しみは、限界に達した。

イザナギは、突然立ち上がり、剣を抜いた。

ヤマツミが叫んだ。

「父上、何をなさるのですか！」

「この化け物っ！」

ヤマツミが止める間もなく、イザナギは、その剣をカグツチの身体に突き立てた。

カグツチの身体から引き抜いた剣を、イザナギは高く掲げ、もう一度、刺そうとする。

「父上、いけませんっ」

ヤマツミは、父と赤子の間に割って入り、父の目を見つめた。

イザナギは、カグツチの血に染まる剣を投げ捨て、よろよろとイザナミの元へ歩み寄った。

「奥方を、屋敷にお連れしろ」

イザナギに、おずおずと尋ねた者がいた。

「御子様は、どういたしましょうか」

「捨てておけ」

祟りと囃し立てる声は、鎮まっていた。恐怖で凍り付いた空気の中、イザナギは、イザナミを抱き上げ、屋敷へと向かった。


残ったヤマツミは、カグツチの小さな身体に開いた刀傷から溢れる血を、重ねた両手で押さえた。傷口からは、ドクドクと熱い血が流れ続けた。手で押さえるだけでは、出血を止めることはできなかった。

「イワサク！　ネサク！　布だ！　布を持ってこい！」

化け物のような外見とはいえ、愛する母から生まれた、実の弟には違いなかった。

「カグツチよ、父を恨むな」

「カグツチよ、父を恨むな」

涙をこぼしながら、ヤマツミは、虚ろな顔の赤子に、言い聞かせた。

カグツチの身体からは、真っ赤な血が、小さな身体一つから出たとは思えぬほど、大量に流れ出した。血は、ヤマツミの両手の指の間から溢れ出し、岩を染め、土を染めた。

イワサク達が持ってきた布も、たちまち血の色に染まり、あたりには、強い金気の臭いが立ち上った。人々は、恐れおののきながら、その様子を見つめていた。

弟の熱い血の臭いの中で、ヤマツミは、両手にその血を受け続けた。そして、そうしているうち、掌から両腕を伝い、何かが、自分の身体に流れ込んでくるのを感じた。

いつの間にか、カグツチは、膨れ上がった真っ赤な塊から、人間の肌色の小さな赤子の姿へと変わっていた。

「ヤマツミ様、これは一体……」

布を手に持ち、怯えた表情で尋ねたイワサクは、ヤマツミを見て、目を見開いた。

「わからぬ。お前は、カグツチを手厚く葬ってやってくれ」

そう言うヤマツミの声は、今までにない威厳に満ちていた。そして、ヤマツミの顔は、引き締まった男の顔に変わっていたのだ。それはまるで、カグツチの身体に憑りついていた鉄と武器の神が、ヤマツミの身体に乗り移ったかのようだった。

震える声で、イワサクは、答えた。

「かしこまりました」

八　イザナミ

屋敷に戻ったイザナミの遺体は、座敷に安置された。

イザナギは、妻の名を呼び、泣き続けた。温もりが残るイザナミの髪を撫で、頬を寄せて泣き、足元に回って彼女の両足を抱きしめて泣いた。

体温が次第に失われ、その手足や指先が冷たく硬く変わっていっても、イザナギは、泣き続けた。

「たった一人の赤子の命と、私の愛しい妻の命が取り換えられてしまった！」

食事もとらず、夜も眠らず泣き続け、やがて、ばたりと倒れ込み、イザナギは、そのまま意識を失ってしまった。

カグツチの血を浴びたヤマツミも、それから数日の間、こんこんと眠り続けた。

喪主らしい喪主が不在のまま、イザナミの葬儀は、生前の彼女の希望通り、現地のやり方で行われた。

イザナギが意識を取り戻したのは、イザナミの葬儀が終わった後だった。


「旦那様、お気づきになられましたか」

トべが言った。

「私は、眠っていたのか」

「さようでございます」

イザナギは、問うた。

「イザナミは?」

「ご葬儀も終わりました」

イザナギは、呟いた。

「では、夢ではなかったのか。イザナミは、本当に亡くなったのだな」

トベは、泣き始めた。

それからのイザナギは、何も手につかず、ただぼんやりと、上の空の日々を過ごしていた。

あれは、本当に「呪い」だったのだろうか。

ふとそう思ったとき、イザナギの心に、微かな希望が芽生えた。

だとすれば、呪いの印は、切り捨てた。呪いは、解けたのではなかろうか。イザナミは、息を吹きかえし、自分を待っているのではないだろうか。

初めは、バカげた考えだと、自分ですぐに否定した。悲しみのあまり、判断力がにぶっているのだ。

しかし、その考えは、何度も何度も、イザナギの心に戻ってきた。

呪いは、解けたのではないか。

イザナミは、生き返っているのではないか。


イザナギは、どうしても、確かめずにはいられなくなった。

「イザナミは、今、どこだ」

「海辺の洞窟です」

トベは、答えたが、すぐに、尋常でないイザナギの様子に気づき、言葉を続けた。

「旦那様、見に行かれてはいけませんよ」

イザナギは、トベを見た。

「何故だ」

「そういう決まりです。三年たつまで、お待ちください」

「自分の妻に会うのに、どうして三年も待たなければならないのだ」

トベは、狼狽した。イザナギ様は、妻が死んだことを、理解していないのだろうか。

「旦那様、いけません。奥様に、失礼ですよ。亡くなった方の平穏を妨げてはいけません。決して、行ってはいけませんよ」

トベに固く止められたにも拘わらず、イザナギは、妻が安置されているという洞窟の入り口に来ていた。

これは、洗骨による葬儀の風習である。三年後に、白骨化した遺体を家族がきれいに洗い、一つの甕に丁寧に納めるのだ。しかし、そのような習慣は、イザナギには、馴染のないものだった。

イザナギは、恐る恐る、暗闇の中を覗きこんだ。何も見えない。

「イザナミ、お前」

と呼んでみた。返事は返ってこない、
イザナギは、意を決して、自らの頭に挿していた櫛を抜くと、その歯を折り取って、火をつけた。その歯を燈明がわりに手に持って、中へと入っていった。

燈明の灯に驚いて、蝙蝠がバタバタと音を立てて逃げた。足元の水たまりが、ぴちゃんと音を立てた。

奥へ奥へと歩を進めながら、なぜ、こんなことをしているのか、イザナギは、自分でもわからなかった。

ただ、ただ、イザナミに会いたかった。

洞窟の突き当たりの壁が見えてきた。その下の方に、白い衣装を着て横たわる、女性の姿があった。

「イザナミ！」

思わず駆け寄ろうとしたとき、燈明の灯がその姿を照らした。

イザナミの身体は、すでに腐敗を始めていた。我に返ったイザナギの鼻に、周囲に漂う強い腐臭が襲ってきていた。よく見ると、遺体の腹部は膨らみ、白い衣装の上には、無数の蛆虫が這い回っている。

イザナギの足は止まり、身体は硬直した。

イザナミは、この世とあの世の境を、うつらうつらと漂っていた。暖かなまどろみの世界を。

「うわあっ」

突然の悲鳴に、イザナミは、一瞬、意識を取り戻した。声の主を見た。夫だ。

燈明を手にした夫が、全身をこわばらせて立っている。

「あなた?」

イザナミは、声をかけた。

そして、ゆっくりと、手を差し伸べた。

初めて結ばれた日のように。

イザナギは、後ずさった。あまりの恐怖に、息が止まりそうだった。

今、確かに、イザナミと目が合った。濁った眼球が、自分を捉えた。声も聞こえた。イザナミの声だった。変色したイザナミの手が、自分に向かって差し出された。

そんな筈はない。両目を閉じてしまいたいが、瞼が動かない。両耳をふさぎたいが、腕が上がらない。

イザナギは、がたがたと震えながら、こわばって動かない右足を、必死で後ろに半歩下げた。心臓が波打った。

「落ち着け、向きを変えろ。落ち着け、足を動かせ」

イザナギは、自分に言い聞かせ、やっとの思いで、身体の向きを変えた。

背中を向けたイザナギに、イザナミは、また、声をかけた。

「あなた？」

金縛りを無理やり解くように、凍りついた身体を無理やり動かすように、イザナギは、洞窟の出口に向かって、走った。水をかきわけながら進むような緩慢な動きではあったが、懸命に逃げた。

洞窟の出口付近に辿りついた頃には、つまずきながらも、走り始めていた。イザナギの脈は、ドクドク打ち続けていた。叫びたかったが、声は出なかった。

洞窟の腐った空気が、イザナギの肩や背中に、追いすがってくる。腐臭が鼻腔の奥にまで染み込み、脳天を内側から腐らせていく。逃げても逃げても、死が、追いかけてくる。

屋敷に駆けこんだとき、トベと出会った。イザナギを案じ、家の前に出ていたのだ。

「旦那さま、大丈夫ですか」

怯えるトベの顔に、イザナギは、病的に笑いかけた。生きている人間、見慣れた顔に出会い、喉につまった塊が、ようやく溶け始めた。

「腐っていた」

「え？」

イザナギの喉元には、今度は、笑いの塊が込み上げてきた。

「腐って、臭かった。腹が、膨れていた。蛆虫が、うんと湧いていた」

はははは、と笑った。

トベは、顔色を変えた。

「まさか、旦那様、本当に奥様を見に行かれたのでは、ないでしょうね」

イザナギは、また笑った。

「滅茶苦茶になっていた」

トベは、思わず怒鳴った。

「なんということを！」

イザナギも、笑うのをやめ、怒鳴り返した。

「お前のせいだ！　お前が、いたらぬことを吹き込んだせいで、イザナミは、あんな姿になってしまったのだ！」

「何を言われるのですか！」

「ヤマツミも、おかしくなった。お前のせいだ！　この国のせいだ！」

トベは、急に優しい口調に戻った。イザナギが、衝撃に耐えきれず、精神的に打ちのめされていることに気づいたのだ。

「旦那様、しっかりなさいませ」

イザナギは、目をむいた。

「私に、指図するのか！」

トベは、涙ぐんだ。

「奥様が、悲しまれます」

「イザナミは、もういない！　おかしなことを言うな！　イザナミは、もういない！」

トベは、両手で顔を覆い、泣き崩れた。

その姿を見たイザナギは、ますます腹を立て、家の中へと入っていった。

新しい衣服を持ってこさせ、井戸で身体を洗い、身に着けていたものは、すべて焼かせた。

その夜のことだ。

気が付くと、イザナギは、また、あの洞窟の中に立っていた。櫛の歯で作った燈明を高く掲げると、ゆらめく灯の先には、鬼の姿の雷神達に囲まれて座る、腐乱したイザナミの姿があった。

鬼達は、イザナミの周囲で、思い思いの姿勢でくつろいでいる。その様子は、成長してもなお、小さな母犬に甘え、傍にいたがる、子犬達のようだ。

夫に気づいたイザナミは、ゆっくりと立ち上がった。

慎ましく衣服の乱れを直す手も、はだけていた胸元も、腐った肉の間から骨が見えている。

　イザナギは、遺体を見たことがないわけではなかった。高天原にいた頃には、戦場の跡を歩いたこともある。腐りかけた遺体も、首が切られた死体も、見たことがないわけではない。

　けれど、愛した女性のこんな姿を見るのは、辛かった。花のように清らかだった愛しい妻が、蛆虫にたかられるほど、穢れてしまうとは。


　その時、うつろだったイザナミの両目の奥が光った。そして、白い歯が所々むき出しになった口元から、低い呻き声が響いた。

「穢れていると思ったわね」

「えっ？」

　イザナギは、たじろいだ。

「私が汚いと、思ったわね」

　イザナギは、慌てて答えた。

「そんなことはない、イザナミ。私が、お前を汚いなどと思うはずがない」


イザナミは、夫の方へ、進み出た。

「それなら、触ってみて。私に」

見ると、崩れかけていた顔は、いつの間にか、生前の美しい顔に戻っている。

イザナギは、思わず、一歩下がった。

イザナミは、さらに一歩近づき、イザナギの方へ、手を差し伸べた。

「この姿なら、触れられるはず。穢れていると思っていないなら、私に触れて」


イザナギの顔は、恐怖に歪んだ。

これは、イザナミであって、イザナミではない。イザナミの姿をした、化け物だ。

すると、イザナミの顔に、激しい怒りが現れた。

「化け物だと思ったわね」

イザナミの周囲には、いつの間にか、黒い靄が立ち込め、何人もの死んだ女達の霊が、集まって来ている。

イザナギは、思わず、腰につけた太刀に、手をかけた。

イザナミは、そんな夫を見つめて、静かに言った。

「あなたは、この国の掟を破り、死者達の平穏を損ない、死者達に恥をかかせた。それでも、私を蔑むのね。この国に世話になりながら、それでも、この国を貶めるのね」

死んだ女達の霊が、一斉に唸り出した。

「許さじ！」

「捕らえるべし！」

イザナギは、慌てて逃げ始めた。

死んだ女達が、イザナギを、追いかける。

その後に鬼達が続くのを見て、イザナミも走り始めた。

「悪霊よ、去れっ！」

イザナギは、太刀を抜き、時々後ろ手に振りながら、懸命に走った。

洞窟を抜け、山道を走る。

女達の足音が、背中に近づいてくる。

イザナギが、頭に挿した飾りを抜いて投げつけると、見る見るうちに野ブドウに変わった。追いすがる女達が野ブドウを食べている間に、イザナギは、逃げた。

食べ終わった女達が、また、追いつきそうになると、今度は、髷に挿した櫛を投げた、櫛は、筍に変わる。

女達は、しゃがみこみ、素手で筍を掘り出しては、バリバリと皮を剥き、生の筍にかぶりつく。イザナギは、その間に、また、逃げた。

荒い息遣いに振り返れば、今度は、鬼達が迫ってきている。イザナギが、道端の桃の実をちぎって投げると、鬼達は、慌てて逃げ帰った。

鬼達が消えると、そこには、衣を翻して追ってくる、イザナミの鬼気迫る姿が現れた。

疲れ果てた脚では、もう走れない。

イザナギは、心を決めた。路傍の岩で道を塞ぎ、神に誓う離縁の呪言を、天に向かって叫んだ。

「族離（うがら）れん！　私は、夫婦の契りを断つ！　イザナミ、お前を離縁する！」

その瞬間、イザナミの身体は宙に跳ね飛ばされ、地面に叩きつけられた。

「神もお認めになった！　お前は、もはや、私の妻ではない！」

イザナギの言葉に、イザナミは、よろよろと立ちあがった。

「私が、何をしたというの？」

そして、自分を絶縁した男を、恨めしそうに睨んだ。

「愛しいあなた、こんなひどい仕打ちをするのなら、あなたが治める国の民を、一日千人、くびり殺してやる」

イザナギは言葉で返した。

「それなら私は、私の国に、一日千五百人の新しい民を誕生させよう」

イザナミの顔は、さらに紅潮した。その怒りに満ちた顔には、土や草の葉がついた髪の束が、覆いかぶさっている。

感情を剥き出しにしたイザナミ。両足を開いたまま、やや前かがみに立ち、肩で大きく息をしている。拳に握った両手は、小刻みに震え、背後には、黒い霧が立ち込めている。慎ましさのカケラもない。

そんな彼女を見ているうち、イザナギは、不思議な感覚に陥った。目の前にあるのは、確かに、赤子の頃から知っているイザナミの姿だった。けれど、それは同時に、初めて見る女性の姿だったのだ。

そうだ。イザナミは、怒った顔を一度も見せなかった。不満も愚痴も言ったことがない。ただ、いつも優しく笑っていた。

イザナミは、本当は、何を思っていたのだろう。

イザナギの胸に、悲しみが込み上げてきた。

「イザナミ」

と、イザナギは呼んでみた。

「二人で過ごした日々を、忘れてしまったのか?」

イザナミの顔が、歪んだ。

「どうして、私を見に来たの」

「お前に会いたかったのだ」

「こんな姿、見られたくなかった。蔑むくらいなら、どうして、私を見にきたの」

イザナミの声は、震えている。

イザナギは、不意に、子供のように声を上げて泣きたくなった。

「イザナミ、私は、お前を蔑んだりしない。イザナミ、なぜわからない。ずっと一緒にいたかったのだ！　それで、会いにきてしまったのだ！」

イザナミの周囲を取り巻く黒い靄が、徐々に薄れ始めた。と同時に、イザナミの姿は、腐乱した姿に、ゆっくりと戻り始めた。

美しかった頃の面影が失われていく中、イザナミは、昔の優しい声で、悲しそうに言った。

「来て下さるのなら、どうして、もっと早く来て下さらなかったの」

骨だけの顔になる寸前、イザナミの姿は、ふっと消えた。

そこでイザナギは、目が覚めた。板戸の節穴からは、明るい陽射しが、幾筋も差し込んでいる。

「夢だったのか」

ほっとして上体を起こすと、結っていたはずの髪が、バラバラと崩れ落ちた。髪を留めていた髪飾りも櫛も、消えていた。

身体は、汗でぐっしょり濡れていた。額の汗をぬぐうと、野ブドウの青いツルの切れ端が、手についた。

イザナミは、もういない。

遠い、別の世界へ、行ってしまった。

部屋の中にあるはずのない、そのツルを見つめているうち、イザナギは、声を上げて泣いている自分に気づいた。

イザナミは、もういない。

帰りたい。

高天原に、帰りたい。

イザナギは、妻の名を呼びながら、嗚咽し続けた。

九　高天原へ

「お母さま」

母の姿を見つけ、スサノオは、喜びの声を上げた。庭の片隅、冷たくも温かい月の光の中に、白い服を着たイザナミが立っていた。

幼いスサノオには、母の死が、よく理解できなかった。母は突然、家から姿を消し、その日から、誰も笑わなくなった。

母は、黙って、スサノオの方を見ている。

「お母さま」

スサノオは、また、母を呼んだ。

けれども、母は、何も言わず、近づきもせず、ただ、スサノオを見つめている。その姿も、次第に薄れ、庭の景色の中に、消えようとしていく。

スサノオは、夢中で叫んだ。

「お母さま、出雲へ行こうよ」

イザナミは、一瞬スサノオを見つめ、愛おしそうに微笑んだ。

スサノオが、母親にすがろうと駆け寄ると、その姿は、いつの間にか消えていた。


イザナギに呼ばれ、ヤマツミは、父の元へと急いでいた。

父がカグツチを刺したことも、母の遺体を見に行ったことも、既に噂になっていた。

「それがどうしたというのだ」

と、ヤマツミは、呟いた。

母が死んでから、父は、すっかり変わってしまった。急に白髪が増え、肌はくすみ、声の張りも失われた。

いつも理知的で、大人の男の見本のようだった父。父が受けた打撃に比べれば、噂話など、些細なことだ。

その時だった。ヤマツミの後方から、馬の蹄の音が響いてきたかと思うと、三頭の馬がヤマツミを追い抜き、行く手を塞ぐように止まった。乗っているのは、ロンと、イワサク、ネサクである。

「お前っ」

ヤマツミが叫ぶと同時に、ロンは、馬から飛び降り、ヤマツミの前にひれ伏した。

「よくも、母上と弟を！　お前のせいで、父上は！」

ロンは、額を地面に擦り付けんばかりにした。

「ヤマツミ様、いいえ、オオヤマツミ様、数々の御無礼、お許しください」

「なぜ、私をオオヤマツミと呼ぶ」

「おわかりになりませんか。あなた様は、もはやただの王子ではございません。あなた様のお身体には、鉄の神、武器の神の魂が宿っております」

「いきなり、何を言う！」

ロンは、顔を上げ、立っているイワサクとネサクの服を掴んで、ひざまずかせた。

「この者達の様子がおかしいので、聞き出したのです。私は、身の程知らずでございました。鉄の神は、あなた様をお選びになったのです」

「お前は、漢の人間であろう」

「私は、本当は、辰国の遺民、倭人です。神は、やはり、天神の子孫をお選びになった。オオヤマツミ様、鉄の武器を作り、倭人達をお守りください。国を失った、辰国にいた人々を、どうかお守りください」

　ヤマツミは、呆然とした。

「何故、私に。私は、そのようなことは、望んでおらぬ」

　ロンは、言った。

「宿命でございます。新しい国を作るための、神の御意志でございます。これからは、オオヤマツミ様と名乗られ、この国の土台をお作りください」

　ヤマツミは、何も答えることができぬまま、ロン達を残し、その場を離れた。

　父の家に着くと、ヌホコも待っていた。

「父上、お呼びですか」

ヤマツミの声に、イザナギは、目を向けた。ヤマツミは、何かが変わっていた。

「お前、何かあったのか」

「なぜ、そのようなことを」

ヤマツミの問いに、イザナギは、答えず、目をそらした。「なんだか別人に見える」などという、理屈に合わぬことを言いそうになった自分を恥じた。訳のわからないことは、もう沢山だった。

ヤマツミは、ロンの言葉を父に伝え、自分の身に何が起きているのか尋ねたいと思っていた。けれども、弱々しく目をそらした父に、重ねて問うことはできなかった。

イザナギは、息子の顔を、見つめた。ヤマツミの温かく優しい顔だちは、イザナミによく似ていた。

そして、今改めて見れば、その身体つきは、しなやかで逞しく、力に満ちていた。

いつも、コロコロ笑い声をあげていた、あの無邪気な少年の面影は、もうどこにもなかった。

「ヤマツミ」

と、イザナギは、言った。

「お前、この地で、ずっと暮らしていけるか」

ヤマツミは、笑った。一気に年老いた父の姿に、本当は、泣きたくなっていたのだが。

「私は、この地で生まれ、この地で育ち、この地以外の場所を知りません。ここを離れて、どこへ行けとおっしゃるのでしょう」

イザナギの心は、決まった。

「ヤマツミよ、ヌホコよ、私は、幼い三人を連れて、高天原へ帰ろうと思う。母を亡くしたこの子達を、高天原の一族の中で育ててやりたいのだ」

この家で暮らした十数年の日々が、ヤマツミの胸をよぎった。

数か月前までの、明るく幸せだった日々は、もう戻ってこない。すべては、変わってしまったのだ。

ヤマツミは、父のやつれた顔を見た。

「父上が、その方がよいとお考えでしたら、私は何も申しません」

「ただ、ためらうのは、私に課せられた任務を、投げ出してしまうことだ」

「この地に、新しい国を作るということでしょうか」

「そうだ。お前達の母上と私は、そのために、この地に来たのだ」

イザナギは、言った。

「ヤマツミよ、お前に、私の任務を引き継いで欲しい。新しい国を守り、いつか、高天原の人々が逃れてきたときには、受け入れて、立派な国を築いて欲しい」

ヤマツミは、ロンの言葉を思い出していた。それが、自分に課せられた宿命なのだろうか。

ヤマツミは、ただ答えた。

「仰せの通りにいたします」

イザナギは、ヌホコに言った。

「ヌホコ、今まで二十年間、本当に世話になった。未熟な私を、よく守ってくれた。感謝している」

「何を言われます。私は、自分の務めを果たしたまでです」

「私は、力及ばず、天神族の国を作ることは、できなかった」

「イザナギ様は、高天原や天君様のことを、人々に思い出させました。武力に頼らず団結する方法があることを、思い出させたのです」

イザナギは、寂しそうに笑った。

「お前は、いつも私を肯定してくれた。ヌホコ、すまない。私は、もう頑張れない。これからは、ヤマツミを支えておくれ」

ヌホコは、黙って頭を下げた。

「私は、行きません」

と、六歳のスサノオは、言った。

「ヤマツミ兄上と一緒に、この国に残ります」

イザナギは、なだめた。

「母上がいないのに、どうやって生活するのだ」

スサノオは、胸を張った。

「父上、母上は、おられます」

「亡くなったではないか」

「私に会いに、帰ってこられました」

イザナギは、背筋がぞっとした。イザナミは、あの腐りかけた姿で、息子の前にも現れているのだろうか。穢れは、どこまで、まとわりつくつもりなのだろう。

「何を、馬鹿なことを言う」

スサノオは、父に訴えた。

「本当です、父上。私を、愛おしそうに見てくださいました」

イザナギは、怒った。これだから、この国には、いたくないのだ。草花が話すと言ったり、木々が生きていると言ったり、なんと気持ちの悪い国なのだ！　山が火を噴いたり、大地が揺れたり、どうかしている！

「馬鹿なことを、言うでない！」

イザナギは、叱った。

「お前は、高天原で、一から学びなおすのだ」

「父上、私は、ここに残りたいのです」

「ならぬ。お前は、高天原へ行くのだ。文字を習い、漢の書物を読み、知識を得、身体を鍛え、武術を習い、高天原を守る賢く強い男になるのだ」

「父上、母上は、どうするのですか」

スサノオは、すがるように見上げて言った。

「母上は、置いていくのですか」

イザナギは、厳しい顔になった。

「母上は、もう亡くなったのだ」

スサノオは、泣き始めた。

「母上が、寂しくなる」

「母上は、もういないのだ」

いつも癇癪を起こすときのように、スサノオの泣き声は、だんだん大きくなり、地響きのように太くなっていく。その轟くような慟哭は、イザナギの身体の奥底まで響き、胸を締め付けた。

余りの苦しさに、イザナギが両耳を塞ごうとした、その時だった。

「おやめっ」

闇を晴らす光のように、凛とした声が響き渡った。

「お父様が、どれだけ悲しまれているか、お前には、わからないの?」

「アマテル」

イザナギが見ると、娘は、両目に涙をためつつ、弟を睨み付けていた。スサノオは、目を父に向けた。父の顔には、確かに、深い悲しみと苦しみがあふれていた。スサノオは、大きくすすり上げると、拳で涙をぬぐい、泣くのをやめた。

「お父様、高天原へ帰りましょう。お父様の故郷へ帰りましょう」

アマテルは、父親の手を取った。

「新しい場所で、新しい生活を始めましょう。私も一緒に参ります。お父様、高天原に帰りましょう」


イザナギ達の出発は、ヤマツミとトベ、ヌホコとその部下達が、見送った。

イザナギは、スサノオに優しく声をかけた。

「高天原には、お前の伯父上や祖母、親戚がたくさんいるぞ。会うのは、初めてだろう。お前も、高天原の王子として、いるべき場所で、本来の姿を取り戻すのだ」

スサノオは、父の言葉を黙って聞いていた。父の言うことが間違っていないことは、子供心にわかった。けれど、心に浮かぶのは、優しい母の姿ばかり。戻りたいのは、温かい母の腕の中だけだった。

『本来の姿』とは、なんだろう。『いるべき場所』とは、どこだろう。

六歳の自分は、一人では生きられない。高天原という所へ、行くしかないのだろう。

そう思うと、また泣きたくなり、スサノオは、唇を噛んだ。


ヤマツミは、幼い弟妹達の姿を、見つめていた。父親を気遣うアマテル。泣くまいと俯くスサノオ。ツクヨミは、何を思っているのか。

この先、我等兄弟には、どのような運命が待っているのであろうか。


イザナギは、トベに声をかけた。

「トベ、お前に頼みがある」

「なんでしょうか」

「イザナミを、葬っておくれ」

トベの言葉を遮って、イザナギは続けた。

「本当は、三年待つのだろう？　イザナミが、それを承知していたことは、聞いた。けれど、妻が、あのまま朽ち果てていくと思うと、耐えられないのだ。他の人の目に触れるかもしれぬと思うと、なおさらだ。頼む。どうか、イザナミを、もう葬ってくれ。妻は、この地が好きだった。だから、このまま置いていく。けれど、どうか、丁重に葬っておくれ」

トベは、涙をぬぐった。

「わかりました、旦那様。奥様は、必ず、葬らせていただきます。お任せください」

淡路島に別れを告げ、イザナギ達は、イト国の小戸まで、辿り着いた。

イザナギは、小戸の浅瀬で、身に着けていたものを脱ぎ捨て、禊をした。この国で過ごした二十年の歳月の間に身に着いた、禍々しいものすべてを洗い流し、新しい高天原の衣服に着替えた。三人の子供達にも、禊をさせ、着替えさせた。

イザナミは、この国に憑りつかれてしまった。あれほど愛らしく、清らかな少女だったのに。

せめて、三人の子供達には、高天原の王族として、威厳ある人生を歩ませてやりたい。

アマテルを見よ。母譲りの美しさと、王家の誇りを兼ね備え、才気に満ちている。子供とは思えぬ威厳、神々しいばかりだ。これほどの娘に、道端の草の実など、食べさせてなるものか。

この子達は、必ず、立派に育ててみせる。

イザナミのためにも。

姪浜小戸の港から、帰りの船に乗った。

雲の切れ間から差し込む光が、海面を明るく照らしている。海鳥たちが、舞っている。

湾を出ると、波が大きくなった。

イザナギは、子供達を両腕に抱えこんだ。


この子達は、私が、必ず、守る。

イザナミの分まで、幸せにしてやるのだ。

イザナミの分まで。


海を渡る風は、今日も心地よかった。

トビウオが、海面を飛び跳ねた。

対馬まで行けば、立派に成人したワタツミが、出迎えてくれるだろう。それから高天原までは、もうすぐだ。


父の腕の中で、父の温もりに包まれ、顔に潮風を受けながら、スサノオは、遠ざかる筑紫の山並を見つめていた。

美しい島々よ。
母が愛した国よ。

母よ、
愛しい母よ。

自分は、また、帰って来ることができるのだろうか。

イザナギ達を乗せた船は、波に揺られながら、高天原へ向かって進み続けた。

イザナギの願いどおり、イザナミは、トベ達の手で、丁重に葬られた。『日本書紀』

は、伝承のうちの一つとして、次のように記す。

イザナミは、紀伊国の熊野の有馬村に葬られた。その土地の人々は、花咲く季節には、花を飾って、イザナミの魂を祀る。また、鼓を敲き、笛を吹き、のぼり旗を掲げて、歌い舞い、その魂を祀る、と。

著者プロフィール

阿上 万寿子（あがみ ますこ）

1959年生まれ
福岡県出身
九州大学法学部　卒業
奈良大学通信教育部　文学部文化財歴史学科　卒業
山口県在住

イザナギ・イザナミ　倭の国から日本へ　1

2017年12月15日　初版第1刷発行

著　者　阿上 万寿子
発行者　瓜谷 綱延
発行所　株式会社文芸社
〒160-0022　東京都新宿区新宿1-10-1
電話　03-5369-3060（代表）
03-5369-2299（販売）

印刷所　広研印刷株式会社

ISBN978-4-286-18934-5